Emilia Pardo Bazán

CUENTOS

AUSTRALCUENTOS

Emilia Pardo Bazán

CUENTOS

La lectura abre horizontes, iguala oportunidades y construye una sociedad mejor.

La propiedad intelectual es clave en la creación de contenidos culturales porque sostiene el ecosistema de quienes escriben y de nuestras librerías. Al comprar este libro estarás contribuyendo a mantener dicho ecosistema vivo y en crecimiento.

En **Grupo Planeta** agradecemos que nos ayudes a apoyar así la autonomía creativa de autoras y autores para que puedan seguir desempeñando su labor. Dirígete a CEDRO (Centro Español de Derechos Reprográficos) si necesitas fotocopiar o escanear algún fragmento de esta obra. Puedes contactar con CEDRO a través de la web www.conlicencia.com o por teléfono en el 91 702 19 70 / 93 272 04 47

© Editorial Planeta, S. A., 2024
    Avda. Diagonal, 662-664, 08034 Barcelona (España)
    www.planetadelibros.com

Diseño de la colección: Austral / Área Editorial Grupo Planeta
Ilustración de la cubierta: © Núria Just
Primera edición en Austral: mayo de 2024
Segunda impresión: noviembre de 2024

Depósito legal: B. 6.486-2024
ISBN: 978-84-08-28824-4
Composición: Realización Planeta
Impresión y encuadernación: Liberdigital
Printed in Spain - Impreso en España

Índice

LA DAMA JOVEN

El indulto

De cuantas mujeres enjabonaban ropa en el lavadero público de Marineda, ateridas por el frío cruel de una mañana de marzo, Antonia la asistenta era la más encorvada, la más abatida, la que torcía con menos brío, la que refregaba con mayor desaliento; a veces, interrumpiendo su labor, pasábase el dorso de la mano por los enrojecidos párpados, y las gotas de agua y las burbujas de jabón parecían lágrimas sobre su tez marchita.

Las compañeras de trabajo de Antonia la miraban compasivamente, y de tiempo en tiempo, entre la algarabía de las conversaciones y disputas, se cruzaba un breve diálogo, a media voz, entretejido con exclamaciones de asombro, indignación y lástima. Todo el lavadero sabía al dedillo los males de la asistenta, y hallaba en ellos asunto para interminables comentarios: nadie ignoraba que la infeliz, casada con un mozo carnicero, residía, años antes, en compañía de su madre y de su marido, en un barrio extramuros, y que la familia vivía con desahogo, gracias al asiduo trabajo de Antonia y a los cuartejos ahorrados por la vieja en su antiguo oficio de revendedora, baratillera y prestamista. Nadie había olvidado tampoco la lúgubre tarde en que la vieja fue asesinada, encontrándose hecha astillas la tapa del arcón donde guardaba sus caudales y ciertos pendientes y brincos de oro; nadie, tampoco, el horror que infundió en el público la nueva de que el ladrón y asesino no era sino el marido de Antonia, según esta misma declaraba, añadiendo que desde mucho atrás roía al criminal la codicia del dinero de su suegra, con el cual deseaba establecer una tablajería suya propia. Sin embargo, el acusado hizo por probar la coartada, valiéndose del testimonio de dos o tres amigotes de taberna, y de tal modo envolvió el asunto, que, en vez de ir al palo, salió con veinte años de cadena. No fue tan indulgente la opinión como la ley: además de la declaración de la esposa, había un indicio vehementísimo: la cuchillada que mató a la vieja, cuchillada certera y limpia, asestada de arriba abajo, como la que los matachines dan a los cerdos, con un cuchillo ancho y afiladísimo, de cortar carne. Para el pueblo, no cabía duda de que el culpable debió subir al cadalso. Y el destino de Antonia comenzó a infundir sagrado terror, cuando fue esparciéndose el rumor de que su marido *se la había jurado* para el día en que saliese de presidio, por acusarle. La desdichada quedaba en cinta, y el asesino la dejó avisada de que, a su vuelta, se contase entre los difuntos.

Cuando nació el hijo de Antonia, esta no pudo criarlo; tal era su debilidad y demacración y la fre-

cuencia de las congojas que desde el crimen la aque-
jaban; y como no le permitía el estado de su bolsillo
pagar ama, las mujeres del barrio que tenían niños
de pecho, dieron de mamar por turno a la criatura,
que creció enclenque, resintiéndose de todas las an-
gustias de su madre. Un tanto repuesta ya, Antonia
se aplicó con ardor al trabajo, y aunque siempre tenían sus mejillas esa azulada palidez que se observa
en los enfermos del corazón, recobró su silenciosa
actividad, su aire apacible.

¡Veinte años de cadena! En veinte años (pensaba
ella para sus adentros), él se puede morir o me puedo morir yo, y de aquí allá, falta mucho todavía. La
hipótesis de la muerte natural no la asustaba; pero la
espantaba imaginar solamente que volvía su marido.
En vano las cariñosas vecinas la consolaban, indi-
cándole la esperanza remota de que el inicuo parri-
cida se arrepintiese, se enmendase, o, como decían
ellas, se volviese de mejor idea: meneaba Antonia la
cabeza entonces, murmurando sombríamente:

—¿Eso él?, ¿de mejor idea? Como no baje Dios
del cielo en persona y le saque aquel corazón perro y
le ponga otro...

Y al hablar del criminal, un escalofrío corría por
el cuerpo de Antonia.

En fin, veinte años tienen muchos días, y el tiempo aplaca la pena más cruel. Algunas veces, figurá-
basele a Antonia que todo lo ocurrido era un sueño,
o que la ancha boca del presidio, que se había traga-
do al culpable, no lo devolvería jamás; o que aquella
ley, que al cabo supo castigar el primer crimen, sabría prevenir el segundo. ¡La ley! Esa entidad moral,

de la cual se formaba Antonia un concepto misterioso y confuso, era sin duda fuerza terrible, pero protectora, mano de hierro que la sostendría al borde del abismo. Así es que a sus ilimitados temores se unía una confianza indefinible, fundada sobre todo en el tiempo transcurrido, y en el que aún faltaba para cumplirse la condena.

¡Singular enlace el de los acontecimientos! No creería de seguro el rey, cuando vestido de capitán general y el pecho cargado de condecoraciones daba la mano ante el ara a una princesa, que aquel acto solemne costaba amarguras sin cuento a una pobre asistenta, en lejana capital de provincia. Así que Antonia supo que había recaído indulto en su esposo, no pronunció palabra, y la vieron las vecinas sentada en el umbral de la puerta, con las manos cruzadas, la cabeza caída sobre el pecho, mientras el niño, alzando su cara triste de criatura enfermiza, gimoteaba:

—Mi madre... ¡Caliénteme la sopa, por Dios, que tengo hambre!

El coro benévolo y cacareador de las vecinas rodeó a Antonia; algunas se dedicaron a arreglar la comida del niño, otras animaban a la madre del mejor modo que sabían. Era bien tonta en afligirse así. ¡Ave María Purísima! ¡No parece sino que aquel hombrón no tenía más que llegar y matarla! Había gobierno, gracias a Dios, y audiencia, y serenos; se podía acudir a los celadores, al alcalde...

—¡Qué alcalde! —decía ella con hosca mirada y apagado acento.

—O al gobernador, o al regente, o al jefe de municipales; había que ir a un abogado, saber lo que dispone la ley...

Una buena moza, casada con un guardia civil, ofreció enviar a su marido para que le *metiese un miedo* al picarón; otra, resuelta y morena, se brindó a quedarse todas las noches a dormir en casa de la asistenta; en suma, tales y tantas fueron las muestras de interés de la vecindad que Antonia se resolvió a intentar algo, y sin levantar la sesión, acordose consultar a un jurisperito, a ver qué recetaba.

Cuando Antonia volvió de la consulta, más pálida que de costumbre, de cada tenducho y de cada cuarto bajo salían mujeres en pelo a preguntarle noticias, y se oían exclamaciones de horror. ¡La ley, en vez de protegerla, obligaba a la hija de la víctima a vivir bajo el mismo techo, maritalmente, con el asesino!

—¡Qué leyes, divino Señor de los cielos! ¡Así los bribones que las hacen las aguantaran! —clamaba indignado el coro—. ¿Y no habrá algún remedio, mujer, no habrá algún remedio?

—Dice que nos podemos separar... después de una cosa que le llaman divorcio.

—¿Y qué es divorcio, mujer?

—Un pleito muy largo.

Todas dejaron caer los brazos con desaliento: los pleitos no se acababan nunca, y peor aún si se acababan, porque los perdía siempre el inocente y el pobre.

—Y para eso —añadió la asistenta— tenía yo que probar antes que mi marido me daba mal trato.

¡Aquí de Dios! ¿Pues aquel tigre no le había matado a la madre? ¿Eso no era mal trato, eh? ¿Y no sabían hasta los gatos que la tenía amenazada con matarla también?

—Pero como nadie lo oyó... Dice el abogado que se quieren pruebas claras...

Se armó una especie de motín; había mujeres determinadas a hacer, decían ellas, una exposición al mismísimo rey pidiendo contraindulto; y, por turno, dormían en casa de la asistenta, para que la pobre mujer pudiese conciliar el sueño. Afortunadamente, el tercer día llegó la noticia de que el indulto era temporal, y al presidiario aún le quedaban algunos años de arrastrar el grillete. La noche que lo supo Antonia fue la primera en que no se enderezó en la cama, con los ojos desmesuradamente abiertos, pidiendo socorro.

Después de este susto, pasó más de un año y la tranquilidad renació para la asistenta, consagrada a sus humildes quehaceres. Un día, el criado de la casa donde estaba asistiendo creyó hacer un favor a aquella mujer pálida, que tenía su marido en presidio, participándole cómo la reina iba a parir, y habría indulto, de fijo.

Fregaba la asistenta los pisos, y al oír tales anuncios soltó el estropajo, y descogiendo las sayas que traía arrolladas a la cintura, salió con paso de autómata, muda y fría como una estatua. A los recados que le enviaban de las casas, respondía que estaba enferma, aunque en realidad solo experimentaba un anonadamiento general, un no levantársele los brazos a labor alguna. El día del regio parto contó los cañonazos de la salva, cuyo estampido le resonaba dentro del cerebro, y como hubo quien le advirtió que el vástago real era hembra, comenzó a esperar que un varón habría ocasionado más indultos. Además, ¿por qué le había de coger el indulto a su marido? Ya le habían indultado una vez, y su crimen era horrendo; ¡matar a la indefensa vieja que no le hacía daño alguno, todo por unas cuantas tristes monedas de oro! La terrible escena volvía a presentarse ante sus ojos: ¿merecía indulto la fiera que asestó aquella tremenda cuchillada? Antonia recordaba que la herida tenía los labios blancos, y parecíale ver la sangre cuajada al pie del catre.

Se encerró en su casa, y pasaba las horas sentada en una silleta junto al fogón. ¡Bah!, si habían de matarla, mejor era dejarse morir.

Solo la voz plañidera del niño la sacaba de su ensimismamiento.

—Mi madre, tengo hambre. Mi madre, ¿qué hay en la puerta? ¿Quién viene?

Por último, una hermosa mañana de sol se encogió de hombros, y tomando un lío de ropa sucia, echó a andar camino del lavadero. A las preguntas afectuosas respondía con lentos monosílabos, y sus ojos se posaban con vago extravío en la espuma del jabón que le saltaba al rostro.

¿Quién trajo al lavadero la inesperada nueva, cuando ya Antonia recogía su ropa lavada y torcida e iba a retirarse? ¿Inventola alguien con fin caritativo, o fue uno de esos rumores misteriosos, de ignoto origen, que en vísperas de acontecimientos grandes para los pueblos o los individuos palpitan y susurran en el aire? Lo cierto es que la pobre Antonia, al oírlo, se llevó instintivamente la mano al corazón, y se dejó caer hacia atrás sobre las húmedas piedras del lavadero.

—¿Pero de veras murió? —preguntaban las madrugadoras a las recién llegadas.

—Sí, mujer...

—Yo lo oí en el mercado...

—Yo en la tienda...

—¿A ti quién te lo dijo?

—A mí, mi marido.

—¿Y a tu marido?

—El asistente del capitán.

—¿Y al asistente?

—Su amo...

Aquí ya la autoridad pareció suficiente, y nadie quiso averiguar más, sino dar por firme y valedera la noticia. ¡Muerto el criminal, en vísperas de indulto, antes de cumplir el plazo de su castigo! Antonia la asistenta alzó la cabeza, y por vez primera se tiñeron sus mejillas de un sano color, y se abrió la fuente de sus lágrimas. Lloraba de gozo, y nadie de los que la miraban se escandalizó. Ella era la indultada; su alegría justa. Las lágrimas se agolpaban a sus lagrimales, dilatándole el corazón, porque desde el crimen se había *quedado cortada*, es decir, sin llanto. Ahora respiraba anchamente, libre de su pesadilla. Andaba tanto la mano de la Providencia en lo ocurrido que a la asistenta no le cruzó por la imaginación que podía ser falsa la nueva.

Aquella noche, Antonia se retiró a su casa más tarde que de costumbre, porque fue a buscar a su hijo a la escuela de párvulos, y le compro rosquillas de *ginete*, con otras golosinas que el chico deseaba hacía tiempo, y ambos recorrieron las calles, parándose ante los escaparates, sin ganas de comer, sin pensar más que en beber el aire, en sentir la vida y en volver a tomar posesión de ella.

Tal era el enajenamiento de Antonia que ni reparó en que la puerta de su cuarto bajo no estaba sino entornada. Sin soltar de la mano al niño, entró en la reducida estancia que le servía de sala, cocina y comedor, y retrocedió atónita viendo encendido el candil. Un bulto negro se levantó de la mesa, y el grito que subía a los labios de la asistenta se ahogó en la garganta.

Era él; Antonia, inmóvil, clavada al suelo, no le veía ya, aunque la siniestra imagen se reflejaba en sus dilatadas pupilas. Su cuerpo yerto sufría una parálisis momentánea; sus manos frías soltaron al niño, que aterrado se le cogió a las faldas. El marido habló:

—¡Mal contabas conmigo ahora! —murmuró con acento ronco pero tranquilo; y al sonido de aquella voz, donde Antonia creía oír vibrar aún las maldiciones y las amenazas de muerte, la pobre mujer, como desencantada, despertó, exhaló un ¡ay! agudísimo y, cogiendo a su hijo en brazos, echó a correr hacia la puerta. El hombre se interpuso.

—¡Eh..., chst! ¿A dónde vamos, patrona? —silabeó con su ironía el presidiario.

—¿A alborotar el barrio a estas horas? ¡Quieto aquí todo el mundo!

Las últimas palabras fueron dichas sin que las acompañase ningún ademán agresivo, pero con un tono que heló la sangre de Antonia. Sin embargo, su primer estupor se convertía en fiebre, la fiebre lúcida del instinto de conservación. Una idea rápida cruzó por su mente; ampararse del niño. ¡Su padre no le conocía, pero al fin era su padre! Levantole en alto y le acercó a la luz.

—¿Ese es el chiquillo? —murmuró el presidiario. Y descolgando el candil, llegolo al rostro del chico. Este guiñaba los ojos, deslumbrado, y ponía las manos delante de la cara como para defenderse de aquel padre desconocido, cuyo nombre oía pronunciar con terror y reprobación universal. Apretábase a su madre, y esta, nerviosamente, le apretaba también, con el rostro más blanco que la cera.

—¡Qué chiquillo feo! —gruñó el padre, colgando de nuevo el candil—. Parece que lo chuparon las brujas.

Antonia, sin soltar al niño, se arrimó a la pared, pues desfallecía. La habitación le daba vueltas al rededor, y veía unas lucecicas azules en el aire.

—A ver, ¿no hay nada de comer aquí? —pronunció el marido.

Antonia sentó al niño en un rincón, en el suelo, y mientras la criatura lloraba de miedo, conteniendo los sollozos, la madre comenzó a dar vueltas por el cuarto, y cubrió la mesa con manos temblorosas; sacó pan, una botella de vino, retiró del hogar una cazuela de bacalao, y se esmeraba, sirviendo diligentemente, para aplacar al enemigo con su celo. Sentose el presidiario y empezó a comer con voracidad, menudeando los tragos de vino. Ella permanecía de pie, mirando, fascinada, aquel rostro curtido, afeitado y seco que relucía con ese barniz especial del presidio. Él llenó el vaso una vez más, y la convidó...

—No tengo voluntad... —balbució Antonia; y el vino, al reflejo del candil, se le figuraba un coágulo de sangre...

Él lo despachó encogiéndose de hombros, y se puso en el plato más bacalao, que engulló ávidamente, ayudándose con los dedos y mascando grandes cortezas de pan. Su mujer le miraba hartarse, y una esperanza sutil se introducía en su espíritu. Así que comiese, se marcharía sin matarla; ella, después, cerraría a cal y canto la puerta, y si quería matarla entonces, el vecindario estaba despierto y oiría sus gritos. ¡Solo que, probablemente, le sería imposible a ella gritar! Y carraspeó para afianzar la voz. El marido, apenas se vio saciado de comida, sacó del cinto un cigarro, lo picó con la uña y encendió sosegadamente el pitillo en el candil.

—¡Chst!... ¿A dónde vamos? —gritó, viendo que su mujer hacía un movimiento disimulado hacia la puerta—. Tengamos la fiesta en paz.

—A acostar el pequeño —contestó ella sin saber lo que decía; y refugiose en la habitación contigua, llevando a su hijo en brazos. De seguro que el asesino no entraría allí. ¿Cómo había de tener valor para tanto? Era la habitación en que había cometido el crimen, el cuarto de su madre: pared por medio dormía antes el matrimonio; pero la miseria que siguió a la muerte de la vieja obligó a Antonia a vender la cama matrimonial y usar la de la difunta. Creyéndose en salvo, empezaba a desnudar al niño, que ahora se atrevía a sollozar más fuerte, apoyado en su seno; pero se abrió la puerta y entró el presidiario.

Antonia le vio echar una mirada oblicua en torno suyo, descalzarse con suma tranquilidad, quitarse la faja, y, por último, acostarse en el lecho de la víctima. La asistenta creía soñar; si su marido abriese una navaja, la asustaría menos quizás que mostrando tan horrible sosiego. Él se estiraba y revolvía en las sábanas, apurando la colilla y suspirando de gusto, como hombre cansado que encuentra una cama blanda y limpia.

—¿Y tú? —exclamó dirigiéndose a Antonia—. ¿Qué haces ahí quieta como un poste? ¿No te acuestas?

—Yo... no tengo sueño —tartamudeó ella, dando diente con diente.

—¿Qué falta hace tener sueño? ¿Si irás a pasar la noche de centinela?

—Ahí... ahí... no... cabemos... Duerme tú... Yo aquí, de cualquier modo...

Él soltó dos o tres palabras gordas.

—¿Me tienes miedo o asco, o qué rayo es esto? A ver cómo te acuestas, o si no...

Incorporose el marido, y extendiendo las manos, mostró querer saltar de la cama al suelo. Mas ya Antonia, con la docilidad fatalista de la esclava, empezaba a desnudarse. Sus dedos apresurados rompían las cintas, arrancaban violentamente los corchetes, desgarraban las enaguas. En un rincón del cuarto se oían los ahogados sollozos del niño...

Y el niño fue quien, gritando desesperadamente, llamó al amanecer a las vecinas, que encontraron a Antonia en la cama, extendida, como muerta. El médico vino aprisa, y declaró que vivía, y la sangró, y no logró sacarle gota de sangre. Falleció a las veinticuatro horas, de muerte natural, pues no tenía lesión alguna. El niño aseguraba que el hombre que había pasado allí la noche la llamó muchas veces al levantarse, y viendo que no respondía, echó a correr como un loco.

Primer amor

¿Qué edad contaría yo a la sazón? ¿Once o doce años? Más bien serían trece, porque antes es demasiado temprano para enamorarse tan de veras; pero no me atrevo a asegurar nada, considerando que en los países meridionales madruga mucho el corazón, dado que esta víscera tenga la culpa de semejantes trastornos.

Si no recuerdo bien el *cuándo*, por lo menos puedo decir con completa exactitud el *cómo* empezó mi pasión a revelarse. Gustábame mucho —después de que mi tía se largaba a la iglesia a hacer sus devociones vespertinas— colarme en su dormitorio y revolverle los cajones de la cómoda, que los tenía en un orden admirable. Aquellos cajones eran para mí un museo: siempre tropezaba en ellos con alguna cosa rara, antigua, que exhalaba un olorcillo arcaico y discreto, el aroma de los abanicos de sándalo que andaban por allí perfumando la ropa blanca. Acericos de raso descolorido ya; mitones de malla, muy doblados entre papel de seda; estampitas de santos; enseres de costura; un *ridículo* de terciopelo azul bordado de canutillo; un rosario de ámbar y plata, fueron apareciendo por los rincones: yo los curioseaba y los volvía a su sitio. Pero un día —me acuerdo lo mismo que si fuese hoy— en la esquina del cajón superior y al través de unos cuellos de rancio encaje, vi brillar un objeto dorado... Metí las manos, arrugué sin querer las puntillas, y saqué un retrato, una miniatura sobre marfil, que mediría tres pulgadas de alto, con marco de oro.

Me quedé como embelesado al mirarla. Un rayo de sol se filtraba por la vidriera y hería la seductora imagen, que parecía querer desprenderse del fondo obscuro y venir hacia mí. Era una criatura hermosísima, como yo no la había visto jamás sino en mis sueños de adolescente, cuando los primeros estremecimientos de la pubertad me causaban, al caer la tarde, vagas tristezas y anhelos indefinibles. Podría la dama del retrato frisar en los veinte y pico; no era una virgencita cándida, capullo a medio abrir, sino una mujer en quien ya resplandecía todo el fulgor de la belleza. Tenía la cara oval, pero no muy prolongada, los labios carnosos, entreabiertos y risueños, los ojos lánguidamente entornados, y un hoyuelo en la barba, que parecía abierto por la yema del dedo juguetón de Cupido. Su peinado era extraño y gracioso: un grupo compacto, a manera de piña de bucles al lado de las sienes y un cesto de trenzas en lo alto de la cabeza. Este peinado antiguo que remangaba en la nuca descubría toda la morbidez de la fresca garganta, donde el hoyo de la barbilla se repetía más delicado y suave. En cuanto al vestido... Yo no acierto a resolver si nuestras abuelas eran de suyo menos recatadas de lo que son nuestras esposas, o si los confesores de antaño gastaban manga más ancha que los de ogaño, y me inclino a creer esto último, porque hará unos sesenta años, las hembras se preciaban de cristianas y devotas, y no desobedecerían a su director de conciencia en cosa tan grave y patente. Lo indudable es que, si en el día se presenta alguna señora con el traje de la dama del retrato, ocasiona un motín; pues desde el talle (que nacía casi en el sobaco) solo la velaban leves ondas de gasa diáfana, señalando, mejor que cubriendo, dos escándalos de nieve, por entre los cuales serpeaba un hilo de perlas, no sin descansar antes en la tersa superficie del satinado escote. Con el propio impudor se ostentaban los brazos redondos, dignos de Juno, rematados por manos esculturales... Al decir manos no soy exacto, porque en rigor, solo una mano se veía, y esa apretaba un pañizuelo rico.

Aún hoy me asombro del fulminante efecto que la contemplación de aquella miniatura me produjo, y de cómo me quedé arrobado, suspensa la respiración, comiéndome el retrato con los ojos. Ya había yo visto aquí y acullá estampas que representaban mujeres bellas; frecuentemente en las *Ilustraciones*, en los grabados mitológicos del comedor, en los escaparates de las tiendas, sucedía que una línea gallarda, un contorno armonioso y elegante cautivaba mis miradas precozmente artísticas; pero la miniatura encontrada en el cajón de mi tía, aparte de su gran gentileza, se me figuraba como animada de sutil aura vital; advertíase en ella que no era el capricho de un pintor, sino imagen de persona real, efectiva, de carne y hueso. El rico y jugoso tono del empaste hacía adivinar, bajo la nacarada epidermis, la sangre tibia; los labios se desviaban para lucir el esmalte de los dientes; y, completando la ilusión, corría alrededor del marco una orla de cabellos naturales, castaños, ondeados y sedosos, que habían crecido en las sienes del original. Lo dicho; aquello, más que copia, era reflejo de persona viva, de la cual solo me separaba un muro de vidrio... Puse la mano en él, lo calenté con mi aliento, y se me ocurrió que el calor de la misteriosa deidad se comunicaba a mis labios y circulaba por mis venas. Estando en esto, sentí pisadas en el corredor. Era mi tía que regresaba de sus rezos. Oí su tos asmática y el arrastrar de sus pies gotosos. Tuve tiempo no más que de dejar la miniatura en el cajón, cerrarlo y arrimarme a la vidriera adoptando una actitud indiferente y nada sospechosa.

Entró mi tía sonándose recio, porque el frío de la iglesia le había encrudecido el catarro ya crónico. Al verme se animaron sus ribeteados ojillos, y dándome un amistoso bofetoncito con la seca palma, me preguntó si le había revuelto los cajones, según costumbre.

Después, sonriéndose con picardía:

—Aguarda, aguarda —añadió—, voy a darte algo, que te chuparás los dedos.

Y sacó de su vasta faltriquera un cucurucho, y del cucurucho tres o cuatro bolitas de goma adheridas entre sí, como aplastadas, que me infundieron asco.

La estampa de mi tía no convidaba a que uno abriese la boca y se zampase el confite: muchos años, la dentadura traspillada, los ojos enternecidos más de lo justo, unos asomos de bigote o cerdas sobre la hundida boca, la raya de tres dedos de ancho, unas canas sucias revoloteando sobre las sienes amarillas, un pescuezo flácido y lívido como el moco del pavo cuando está de buen humor... Vamos, que yo no tomaba las bolitas, ¡ea! Un sentimiento de indignación, una protesta varonil se alzó en mí, y declaré con energía:

—No quiero, no quiero...

—¿No quieres? ¡Gran milagro! ¡Tú que eres más goloso que la gata!

—Yo no soy ningún chiquillo —exclamé creciéndome, empinándome en las puntas de los pies—, yo no quiero dulces.

La tía me miró entre bondadosa e irónica, y al fin, cediendo a la gracia que le hice, soltó el trapo, con lo cual se desfiguró y puso patente la espantable anatomía de sus quijadas. Reíase de tan buena gana que se besaban barba y nariz, ocultando los labios, y se le señalaban dos arrugas, o mejor, dos zanjas hondas, y más de una docena de pliegues en mejillas y párpados; al mismo tiempo, la cabeza y el vientre se le columpiaban con las sacudidas de la risa, hasta que al fin vino la tos a interrumpir las carcajadas, y entre risa y tos, involuntariamente, la vieja me regó la cara con un rocío de saliva... Humillado y lleno de repugnancia, me escapé de allí y no paré hasta el cuarto de mi madre, donde me lavé con agua y jabón y me di a pensar en la dama del retrato.

Y desde aquel punto y hora ya no acerté a separar mi pensamiento de ella. Salir la tía y escabullirme yo hacia su aposento, entreabrir el cajón, sacar la miniatura y embobarme contemplándola, todo era uno. A fuerza de mirarla, figurábaseme que sus ojos entornados, al través de la voluptuosa penumbra de las pestañas, se fijaban en los míos, y que su blanco pecho respiraba afanosamente. Me llegó a dar vergüenza besarla, imaginando que se enojaba de mi osadía, y solo la apretaba contra el corazón, o arrimaba a ella el rostro. Todas mis acciones y pensamientos se referían a la dama; tenía con ella extraños refinamientos y delicadezas nimias. Antes de entrar en el cuarto de mi tía y abrir el codiciado cajón, me lavaba, me peinaba, me componía, como vi después que suele hacerse para acudir a las citas amorosas.

Me sucedía a menudo encontrar en la calle a otros niños de mi edad, muy armados ya de su cacho de novia, que ufanos me enseñaban cartitas, retratos y flores, preguntándome si yo no escogería también *mi niña* con quien cartearme. Un sentimiento de pudor inexplicable me ataba la lengua, y solo les contestaba con enigmática y orgullosa sonrisa. Cuando me pedían parecer acerca de la belleza de sus damiselillas, me encogía de hombros y las calificaba desdeñosamente de *feas* y *fachas*. Ocurrió cierto domingo que fui a jugar a casa de unas primitas mías, muy graciosas en verdad, y que la mayor no llegaba a los quince. Estábamos muy entretenidos en ver un estereóscopo, y de pronto una de las chiquillas, la menor, doce primaveras a lo sumo, disimuladamente me cogió la mano, y conmovidísima, colorada como una brasa, me dijo al oído:

—Toma.

Al propio tiempo sentí en la palma de la mano una cosa blanda y fresca, y vi que era un capullo de rosa, con su verde follaje. La chiquilla se apartaba sonriendo y echándome una mirada de soslayo; pero yo, con un puritanismo digno del casto José, grité a mi vez:

—¡Toma!

Y le arrojé el capullo a la nariz; desaire que la tuvo toda la tarde llorosa y de monos conmigo, y que aún a estas fechas, que se ha casado y tiene tres hijos, no me ha perdonado.

Siéndome cortas para admirar el mágico retrato las dos o tres horas que entre mañana y tarde se pasaba mi tía en la iglesia, me resolví por fin a guardarme la miniatura en el bolsillo, y anduve todo el día escondiéndome de la gente lo mismo que si hubiese cometido un crimen. Se me antojaba que el retrato, desde el fondo de su cárcel de tela, veía todas mis acciones, y llegué al ridículo extremo de que si quería rascarme una pulga, atarme un calcetín o cualquiera otra cosa menos conforme con el idealismo de mi amor purísimo, sacaba primero la miniatura, la depositaba en sitio seguro, y después me juzgaba libre para hacer lo que más me conviniese. En fin, desde que hube consumado el robo, no cabía en mí; de noche lo escondía bajo la almohada y me dormía en actitud de defenderlo; el retrato quedaba vuelto hacia la pared, yo hacia la parte de afuera, y despertaba mil veces con temor de que viniesen a arrebatarme mi tesoro. Por fin lo saqué de debajo de la almohada y lo deslicé entre la camisa y la carne, sobre la tetilla izquierda, donde al día siguiente se podían ver impresos los cincelados adornos del marco.

El contacto de la cara miniatura me produjo sueños deliciosos. La dama del retrato, no en efigie, sino en su natural tamaño y proporciones, viva, airosa, afable, gallarda, venía hacia mí para conducirme a su palacio en un tren rápido y volador. Con dulce autoridad me hacía sentar a sus pies en un cojín, y me pasaba la torneada mano por la cabeza acariciándome la frente, los ojos y el revuelto pelo. Yo le leía en un gran misal, o tocaba el laúd, y ella se dignaba sonreírse, agradeciéndome el placer que le causaban mis lecturas y canciones. En fin, las reminiscencias románticas me bullían en el cerebro, y ya era paje, ya trovador.

Con todas estas imaginaciones, el caso es que fui adelgazando de un modo notable, y que lo observaron con gran inquietud mis padres y mi tía.

—En esa difícil y crítica edad del desarrollo, todo es alarmante —dijo mi padre, que solía leer libros de medicina, y estudiaba con recelo las ojeras obscuras, los ojos apagados, la boca contraída y pálida, y sobre todo, la completa falta de apetito que se apoderaba de mí.

»Juega, chiquillo; come, chiquillo —solía decirme.

Y yo le contestaba con abatimiento:

—No tengo ganas.

Empezaron a discurrirme distracciones; me ofrecieron llevarme al teatro; me suspendieron los estudios, y diéronme a beber leche recién ordeñada y espumosa. Después me echaron por el cogote y la espalda duchas de agua fría, para fortificar mis nervios; y noté que mi padre, en la mesa o por las mañanas cuando iba a su alcoba a darle los buenos días, me miraba fijamente un rato y a veces sus manos se escurrían por mi espinazo abajo, palpando y tentando mis vértebras. Yo bajaba hipócritamente los ojos, resuelto a dejarme morir antes que confesar el delito. En librándome de la cariñosa fiscalización de la familia, ya estaba yo con mi dama del retrato. Por fin, para mejor acercarme a ella, acordé suprimir el frío cristal: titubeé al ir a ponerlo por obra; al cabo pudo más el amor que el vago miedo que semejante profanación me inspiraba, y con gran destreza logré arrancar el vidrio y dejar patente la plancha de marfil.

Al apoyar en la pintura los labios y percibir la tenue fragancia de la orla de cabellos, se me figuró con más evidencia que era persona viviente la que estrechaban mis manos trémulas. Un desvanecimiento se apoderó de mí, y quedé en el sofá como privado de sentido, apretando la miniatura.

Cuando recobré el conocimiento vi a mi padre, a mi madre, a mi tía, todos inclinados hacia mí con sumo interés; leí en sus caras el asombro y el susto; mi padre me pulsaba, meneaba la cabeza y murmuraba:

—Este pulso parece un hilito, una cosa que se va.

Mi tía, con sus dedos ganchudos, se esforzaba en quitarme el retrato, y yo, maquinalmente, lo escondía y aseguraba mejor.

—Pero, chiquillo... ¡suelta, que lo echas a perder! —exclamaba ella—. ¿No ves que lo estás borrando? Si no te riño, hombre... yo te lo enseñaré, cuantas veces quieras; pero no lo estropees; suelta, que le haces daño.

—Déjaselo —suplicaba mi madre—, el niño está malito.

—¡Pues no faltaba más! —contestó la solterona—. ¡Dejarlo! ¿Y quién hace otro como ese... ni quién me vuelve a mí ahora a los tiempos aquellos? ¡Hoy en día nadie pinta miniaturas... eso se acabó... y yo también me acabé y no soy lo que ahí representa!

Mis ojos se dilataban de horror; mis manos aflojaban la pintura. No sé cómo pude articular:

—Usted... el retrato... es usted...

—¿No te parezco tan guapa, chiquillo? ¡Bah, veintitrés años son más bonitos que... que... que no sé cuántos, porque no llevo la cuenta; al fin, nadie ha de robármelos!

Doblé la cabeza, y acaso me desmayaría otra vez; lo cierto es que mi padre me llevó en brazos a la cama, y me hizo tragar unas cucharadas de Oporto.

Convalecí presto y no quise entrar más en el cuarto de mi tía.

CUENTOS DE AMOR

El amor asesinado

Nunca podrá decirse que la infeliz Eva omitió ningún medio lícito de zafarse de aquel tunantuelo de Amor, que la perseguía sin dejarla punto de reposo.

Empezó poniendo tierra en medio, viajando para romper el hechizo que sujeta al alma a los lugares donde por primera vez se nos aparece el Amor. Precaución inútil, tiempo perdido; pues el pícaro rapaz se subió a la zaga del coche, se agazapó bajo los asientos del tren, más adelante se deslizó en el saquillo de mano, y por último, en los bolsillos de la viajera. En cada punto donde Eva se detenía, sacaba el Amor su cabecita maliciosa y la decía con sonrisa picaresca y confidencial: «No me separo de ti. Vamos juntos».

Entonces Eva, que no se dormía, mandó construir altísima torre bien resguardada con cubos, bastiones, fosos y contrafosos, defendida por guardias veteranos, y con rastrillos y macizas puertas chapeadas y claveteadas de hierro, cerradas día y noche. Pero al abrir la ventana, un anochecer que se asomó agobiada de tedio a mirar el campo y a gozar la apacible y melancólica luz de la luna saliente, el rapaz se coló en la estancia; y si bien le expulsó de ella y colocó rejas dobles, con agudos pinchos, y se encarceló voluntariamente, solo consiguió Eva que el Amor entrase por las hendiduras de la pared, por los canalones del tejado o por el agujero de la llave.

Furiosa, hizo tomar las grietas y calafatear los intersticios, creyéndose a salvo de atrevimientos y demasías: mas no contaba con lo ducho que es en tretas y picardigüelas el Amor. El muy maldito se disolvió en los átomos del aire, y envuelto en ellos se le metió en boca y pulmones, de modo que Eva se pasó el día respirándole, exaltada, loca, con una fiebre muy semejante a la que causa la atmósfera sobresaturada de oxígeno.

Ya fuera de tino, desesperando de poder tener a raya al malvado Amor, Eva comenzó a pensar en la manera de librarse de él definitivamente, a toda costa, sin reparar en medios ni detenerse en escrúpulos. Entre el Amor y Eva, la lucha era a muerte, y no importaba el cómo se vencía, sino solo obtener la victoria.

Eva se conocía bien, no porque fuese muy reflexiva, sino porque poseía instinto sagaz y certero; y conociéndose, sabía que era capaz de engatusar con maulas y zalamerías al mismo diablo, que no al Amor, de suyo inflamable y fácil de seducir. Propúsose, pues, chasquear al Amor, y desembarazarse de él sobre seguro y traicioneramente, asesinándole.

Preparó sus redes y anzuelos, y poniendo en ellos

cebo de flores y de miel dulcísima, atrajo al Amor haciéndole graciosos guiños y dirigiéndole sonrisas de embriagadora ternura y palabras entre graves y mimosas, en voz velada por la emoción, de notas más melodiosas que las del agua cuando se destrenza sobre guijas o cae suspirando en morisca fuente.

Y el Amor acudió volando, alegre, gentil, feliz, aturdido y confiado como niño, impetuoso y engreído como mancebo, plácido y sereno como varón vigoroso.

Eva le acogió en su regazo; acariciole con felina blandura; sirviole golosinas; le arrulló para que se adormeciese tranquilo, y así que le vio calmarse recostando en su pecho la cabeza, se preparó a estrangularle, apretándole la garganta con rabia y brío.

Un sentimiento de pena y lástima la contuvo, sin embargo, breves instantes. ¡Estaba tan lindo, tan divinamente hermoso el condenado Amor aquel! Sobre sus mejillas de nácar, palidecidas por la felicidad, caía una lluvia de rizos de oro, finos como las mismas hebras de la luz; y de su boca purpúrea, risueña aún, de entre la doble sarta de piñones mondados de sus dientes, salía un soplo aromático, igual y puro. Sus azules pupilas, entreabiertas, húmedas, conservaban la languidez dichosa de los últimos instantes; y plegadas sobre su cuerpo de helénicas proporciones, sus alas color de rosa parecían pétalos arrancados. Eva notó ganas de llorar...

No había remedio; tenía que asesinarle si quería vivir digna, respetada, libre... Y cerrando los ojos por no ver al muchacho, apretó las manos enérgicamente, largo, largo tiempo, horrorizada del estertor que oía, del quejido sordo y lúgubre exhalado por el Amor agonizante.

Al fin Eva soltó a su víctima y la contempló... El Amor ni respiraba ni se rebullía: estaba muerto, tan muerto como mi abuela.

Al punto mismo que se cercioraba de esto, la criminal percibió un dolor terrible, extraño, inexplicable, algo como una ola de sangre que ascendía a su cerebro, y como un aro de hierro que oprimía gradualmente su pecho, asfixiándola. Comprendió lo que sucedía...

El Amor, a quien creía tener en brazos, estaba más adentro, en su mismo corazón, y Eva, al asesinarle, se había suicidado.

Desquite

Trifón Liliosa nació raquítico y contrahecho, y tuvo la malaventura de no morirse en la niñez. Con los años creció más que su cuerpo su fealdad, y se desarrolló su imaginación combustible, su exaltado amor propio y su nervioso temperamento de artista y de ambicioso. A los quince, Trifón, huérfano de madre desde la cuna, no había escuchado una palabra cariñosa; en cambio había aguantado innumerables torniscones, sufrido continuas burlas y desprecios, y recibido el apodo de *Fenómeno*; a los diez y siete se escapaba de su casa, y, aprovechando lo poco que sabía de música, se contrataba en una murga, en una orquesta después. Sus rápidos adelantos le entreabrieron el paraíso: esperó llegar a ser un compositor genial, un Weber, un Liszt. Adivinaba en toda su plenitud la magnificencia de la gloria, y ya se veía festejado, aplaudido, olvidada su deformidad, disimulada y cubierta por un haz de balsámicos laureles. La edad viril —¿pueden llamarse así los treinta años de un escuerzo?— disipó estas quimeras de la juventud. Trifón Liliosa hubo de convencerse de que era uno de los muchos llamados y no escogidos; de los que ven cercana la tierra de promisión, pero no llegan nunca a pisar sus floridos valles. La pérdida de ilusiones tales deja el alma muy negra, muy ulcerada, muy venenosa. Cuando Trifón se resignó a no pasar nunca de maestro de música a domicilio, tuvo un ataque de ictericia tan cruel que la bilis le rebosaba hasta por los amarillentos ojos.

Lecciones le salían a docenas, no sólo porque era en realidad un excelente profesor, sino porque tranquilizaba a los padres su ridícula facha y su corcova. ¿Qué señorita, ni la más impresionable, iba a correr peligro con aquel macaco, cuyo talle era un jarrón, cuyas manos desproporcionadas parecían, al vagar sobre las teclas, arañas pálidas a medio despachurrar? Y se lo espetó en su misma cara, sin reparo alguno —al llamarle para enseñar a su hija canto y piano—, la madre de la linda María Vega. Solo a un sujeto «así como él», le permitiría acercarse a niña tan candorosa y tan sentimental. ¡Mientras mayor inocencia en las criaturas, más prudencia y precaución en las madres!

Con todo, no era prudente, y menos aún delicada y caritativa la franqueza de la señora. Nadie debe ser la gota de agua que hace desbordar el vaso de amargura, y por muy convencido que esté de su miseria el miserable, recia cosa es arrojársela al rostro. Pensó sin duda la inconsiderada señora que Trifón, habiéndose mirado al espejo, sabría de sobra que era un monstruo; y ciertamente, Trifón se había mirado y conocía su triste catadura; y así y todo le hirió, como hiere el insulto cobarde, la frase que le excluía del número de los hombres; y aquella noche misma, revolviéndose en su frío lecho, mordiendo de rabia las sábanas, decidió entre sí: «Esta pagará por todas: esta será mi desquite. ¡La necia de la madre, que solo ha mirado mi cuerpo, no sabe que con el espíritu se puede seducir a las mujeres que tienen espíritu también!».

Al día siguiente empezaron las lecciones de María, que era en efecto una niña celestial, fina y lánguida como una rosa blanca, de esas que para marchitarlas basta un soplo de aire. Acostumbrado Trifón a que sus discípulas sofocasen la carcajada cuando le veían por primera vez, notó que María, al contrario, le miraba con lástima infinita, y la piedad de la niña, en vez de conmoverle, ahincó su resolución implacable. Bien fácil le fue observar que la nueva discípula poseía un alma delicada, una exquisita sensibilidad, y la música producía en ella impresión profunda, humedeciéndose sus azules ojos en las páginas melancólicas, mientras las melodías apasionadas apresuraban su aliento. La soledad y retiro en que vivía hasta que se vistiese de largo y recogiese en abultado moño su hermosa mata de pelo de un rubio de miel, la hacían más propensa a exaltarse y a soñar. Por experiencia conocía Trifón esta manera de ser, y cuanto predispone a la credulidad y a las aspiraciones novelescas. Cautamente, a modo de criminal reflexivo que prepara el atentado, observaba los hábitos de María, las horas a que bajaba al jardín, los sitios donde prefería sentarse, los tiestos que cuidaba ella sola; y prolongando la lección sin extrañeza ni recelo de los padres, eligiendo la música más perturbadora, cultivaba el ensueño enfermizo a que iba a entregarse María.

Dos o tres meses hacía que la niña estudiaba música, cuando una mañana, al pie de cierta maceta que regaba todos los días, encontró un billetito doblado. Sorprendida, abrió y leyó. Más que declaración amorosa, era un suave preludio de ella: no tenía firma, y el autor anunciaba que no quería ser conocido, ni pedía respuesta alguna: se contentaba con expresar sus sentimientos, muy apacibles y de una pureza ideal. María, pensativa, rompió el billete; pero al otro día, al regar la maceta, su corazón quería salirse del pecho y temblaba su mano, salpicando de menudas gotas de agua su traje. Corrida una semana, nuevo billete, —tierno, dulce, poético, devoto—; pasada otra más, dos pliegos rendidos, pero ya insinuantes y abrasadores. La niña no se apartaba del jardín, y a cada ruido del viento en las hojas pensaba ver aparecerse al desconocido, bizarro, galán, diciendo de perlas lo que de oro escribía. Mas el autor de los billetes no se mostraba, y los billetes continuaban, elocuentes, incendiarios, colocados allí por invisible mano, solicitando respuestas y esperanzas. Después de no pocas vacilaciones, y con harta vergüenza, acabó la niña por trazar unos renglones, que depositó en la maceta, besándola —eran la ingenua confesión de su amor virginal—. Varió entonces el tono de las cartas: de respetuosas se hicieron arrogantes y triunfales; parecían un himno; pero el incógnito no quería presentarse; temía perder lo conquistado; ¿a qué ver la envoltura física de un alma?, ¿qué le importaba a María el barro en que se agitaba un corazón? Y María, entregado ya completamente el albedrío a su enamorado misterioso, ansiaba contemplarle, comerle con los ojos, segura de que sería un dechado de perfecciones, el ser más bello de cuantos pisan la tierra. Ni cabía menos en quien de tan expresiva manera y con tal calor se explicaba, que María, solo con releer los billetes, se sentía morir de turbación y gozo. Por fin, después de muchas y muy regaladas ternezas que se cruzaron entre el invisible y la reclusa, María recibió una epístola, que decía en substancia: «Quiero que vengas a mí»; y después de una noche de desvelo, zozobra, llanto y remordimiento, la niña ponía en la maceta la contestación terrible: «Iré cuando y como quieras».

¡Oh! ¡Qué temblor de alegría maldita asaltó a Trifón, el monstruo, el ridículo *Fenómeno*, al punto en que, dentro del carruaje sin faroles donde la esperaba, recibió a María con los brazos! La completa obscuridad de la noche —escogida, de boca de lobo— no permitía a la pobre enamorada ni entrever siquiera las facciones del seductor... Pero, balbuciente, desfallecida, con explosión de cariño sublime, entre aquellas tinieblas, María pronunció bajo, al oído del ser deforme y contrahecho, las palabras que este no había escuchado nunca, las rotas frases divinas que arranca a la mujer de lo más secreto de su pecho la vencedora pasión... y una gota de humedad deliciosa, refrigerante como el manantial que surte bajo las palmeras y refresca la arena del Sahara, mojó la mejilla demacrada del corcovado... El efecto de aquellas palabras, de aquella sagrada lágrima infantil, fue que Trifón, sacando la cabeza por la ventanilla, dio en voz ronca una orden, y el coche retrocedió, y pocos minutos después María, atónita, volvía a entrar en su domicilio por la misma puerta del jardín que había favorecido la fuga.

Gran sorpresa la de los padres de María cuando se enteraron de que Trifón no quería dar más lecciones en aquella casa; pero mayor la incredulidad de los contados amigos que Trifón posee, cuando le oyen decir alguna vez, torvo, suspirando y agachando la cabeza:

—También a mí me ha querido, ¡y mucho!, ¡y desinteresadamente!, una mujer preciosa...

El dominó verde

Increíble me pareció que me dejase en paz aquella mujer, que ya no intentase verme, que no me escribiese carta sobre carta, que no apelase a todos los medios imaginables para acercarse a mí. Al romper la cadena de su agobiador cariño, respiré cual si me hubiese quitado de encima un odio jurado y mortal.

Quien no haya estudiado las complicaciones de nuestro espíritu, tendrá por inverosímil que tanto deseemos desatar lazos que nadie nos obligó a atar, y hasta deplorará que mientras las fieras y los animales brutos agradecen a su modo el apego que se les demuestra, el hombre, más duro e insensible, se irrite porque le halagan, y aborrezca a veces a la mujer que le brinda amor. Mas no es culpa nuestra si de este barro nos amasaron, si el sentimiento que no compartimos nos molesta y acaso nos repugna, si las señales de la pasión que no halla eco en nosotros nos incitan a la mofa y al desprecio, y si nos gozamos en pisotear un corazón, por lo mismo que sabemos que ha de palpitar y verter sangre bajo nuestros crueles pies.

Lo cierto es que yo, cuando vi que por fin guardaba silencio María, cuando transcurrió un mes sin recibir recados ni epístolas delirantes y húmedas de lágrimas, me sentí tan bien, tan alegre, que me lancé al mundo con el ímpetu de un colegial en vacaciones, con ese deseo e instinto de renovación íntima que parece que da nuevo y grato sabor a la existencia. Acudí a los paseos, frecuenté los teatros, admití convites, concurrí a saraos y tertulias, y hasta busqué diversiones de vuelo bajo, a manera de hambriento que no distingue de comidas. En suma, me desaté, movido por un instinto miserable, de humorística venganza, que se tradujo en el deseo de regalar a cualquier mujer, a la primera que tropezase casualmente, los momentos de fugaz embriaguez que negaba a María —a María triste y pálida, a María medio loca por mi abandono, a María enferma, desesperada, herida en lo más íntimo por mi implacable desdén.

Es la casualidad tan antojadiza en esto de proporcionar aventuras que, si a veces presenta ocasiones en ramillete, otras nos brinda una por un ojo de la cara. En muchos días de disipación y bureo, de rodar por distintas esferas sociales pidiendo guerra, no encontré nada que me tentase; y ya mi capricho se exaltaba, cuando el domingo de Carnestolendas, aburrido y por matar el tiempo, entré en el insípido baile de máscaras del Teatro Real.

Transcurrida más de una hora, sentí que empezaba a hastiarme, y reflexionaba sobre la conveniencia de tomar la puerta y refugiarme entre sábanas cortando las hojas de un libro nuevo de favorito autor, a tiempo que cruzó entre el remolino del abigarrado tropel una máscara envuelta en amplio dominó de rica seda verde. Era la máscara de fino porte y trazas señoriles, cosa ya de suyo extraña en aquel baile, y noté que con singular insistencia clavaba en mí los ojos como si desease acercarse y no se atreviese, a pesar de las franquicias del antifaz. La chispa de las pupilas ardientes de la máscara determinó en mí un repentino interés, una especie de emoción de la cual me reí por dentro, pero que me impulsó a hendir la multitud y aproximarme a la encubierta. Al ir consiguiéndolo, me convencí más y más de que la del verde dominó era dama, y dama muy principal, y que solo la curiosidad o algún empeño más hondo debía de haberla arrastrado a un baile de tan mal género. «Grande será el interés que la trajo aquí —pensé— y muy visible su posición en la sociedad, para que se venga así, sin la compañía de una amiga, sin el brazo protector de un hombre. A toda costa quiere que se ignore el lance; que nadie la pueda delatar.» Y al advertir que seguía mirándome, que sus ojos me buscaban en medio del gentío, ocurrióseme que aquel interés decisivo podía ser yo.

Con tal suposición dio un vuelco mi sangre, y jugando los codos y las rodillas lo mejor que supe, pugné por alcanzar a la gentil encapuchada. La multitud, desgraciadamente, se arremolinaba compacta y densa, formando viva muralla que me era imposible romper. De lejos veía asomar la cabeza del dominó y flotar los lazos complicados de la capucha, que disimulaba la forma, sin duda hechicera, de la testa juvenil; pero insensiblemente deslizábase hasta perderse, y el miedo de que se escabullese me espoleaba. Iba yo ganando terreno, mas la enmascarada me llevaba gran ventaja sin duda, y empecé a recelar que huía de mí, y que después de derramar en mi alma el veneno de sus fogosos ojos, ahora me evitaba, se escurría, se volvía duende para evaporarse como una visión... Este temor que sentí fue ardoroso incentivo del deseo de reunirme a la máscara. Con sobrehumano esfuerzo rompí la valla que me oprimía, y aprovechando un resquicio, me hallé poco distante del dominó verde. Solo que este, a su vez, apretó el paso y desapareció por una de las puertas del salón.

Una persecución en toda regla emprendí entonces: persecución franca, ardorosa, caza más bien. Anhelante, acongojado, como si realmente la mujer que trataba de evadirse fuese algo que me importase mucho, recorrí velozmente los pasadizos, las escaleras, las galerías, el *foyer*, buscando donde quiera a la incitante máscara. Sin duda ella había adivinado con sagacidad mi violento antojo, pues parecía complacerse en desesperarme, y si teniéndome lejos se dejaba envolver por algún grupo de hombres o se paraba en actitud negligente, apenas comprendía que me acercaba, levantaba el vuelo con ligereza de sílfide y me desorientaba por medio de impensada maniobra. De improviso alegraba un palco el fresco color verde del dominó; yo me precipitaba, y cuando llegaba jadeante a la puerta del palco, la desconocida no estaba ya en él, sino en otro de más arriba, para subir al cual había que invertir cinco minutos, tiempo suficiente a que la máscara se enhebrase por un pasillo, saliendo enfrente de mí a buena distancia. Desalado, loco, con la imaginación caldeada y secas las fauces por el afán, me apresuraba, bajaba, subía, ponía en tensión todas las fuerzas de mi cuerpo y de mi espíritu sin dar alcance a la misteriosa hermosura que (ya era evidente) se complacía en burlarme.

La astucia me sirvió mejor que la agilidad en este caso. Comprendiendo que tan aristocrático dominó no querría permanecer en el baile pasadas las primeras horas de la noche, y evitaría el momento de las cenas y de las cabezas calientes; seguro de que solo había venido allí para marearme, y logrado este objeto desaparecería, adiviné que toda su estrategia era batirse en retirada hacia la puerta, y cortándole la salida la atrapaba de fijo. También supuse que saldría por el punto más solitario, por la puerta menos alumbrada, por la calle donde es más fácil saltar furtivamente dentro de un coche que espera y huir sin dejar rastro. Mis cálculos resultaron exactísimos. Me situé en acecho con tal fortuna que al cuarto de hora de espera vi asomar a la encapuchada del verde dominó, la cual, mirando a uno y otro lado, como recelosa, exploraba el terreno. Me arrojé a cerrarla el paso, y a mis primeras palabras suplicantes y rendidas contestó con el chillón falsete habitual en las máscaras, rogándome, por Dios, que la dejase, que no me opusiese a su marcha y que no insistiese en acosarla así.

La creí sincera, pero cuanto más demostraba ansia de evitarme, más crecía en mí la voluntad de detenerla, de que me escuchase, de que me mirase otra vez, de que me amase sobre todo. La vehemencia de aquel súbito antojo era tal que, si no fuese porque pasaba gente, creo que me dejo caer de rodillas a los pies del dominó. Hasta me sentí elocuente e inspirado, y noté que las frases acudían a mis labios incendiarias y dominadoras, con el acento y la expresión que presta un sentimiento real, aunque sólo dure minutos.

—Si querías huir de mí —dije a la máscara estrechándola de cerca— ¿por qué me miraste con esos ojos que me inflamaron el corazón? ¿Por qué me clavaste la saeta, di, si habías de negarte a curar mi herida? ¿No estás viendo cómo has removido, con esa mirada sola, todo mi ser? ¿No oyes mi voz alterada por la emoción, no observas el trastorno de mis sentidos, no me ves hecho un loco? ¿No conoces que tengo fiebre? ¿No sabes que yo te presentía, que adivinaba tu aparición, que vine a este baile en la seguridad de que tu presencia lo llenaría de luz y de encanto? ¿Y crees que voy a dejarte escapar así, que lo consentiré, que no te seguiré hasta el infierno? Si no podrás irte. En tu mirada se delató el amor, y sigue delatándose en tu actitud, en tu agitación, máscara mía.

Era verdad. La máscara, como fascinada, se reclinaba en la pared. Su cuerpo se estremecía, su seno se alzaba y bajaba precipitadamente, y al través de los reducidos agujeros del antifaz, vi temblar sobre el negro terciopelo de sus pupilas dos ardientes lágrimas. Con voz que apenas se oía, y en la cual también se quebraban los sollozos, murmuró lentamente, cual si desease grabar sus palabras para siempre en mi memoria:

—Es cierto: solo por acercarme a ti, por gozar de tu vista, he adoptado este disfraz, he cometido la locura de venir al baile. Y mira qué extraño caso: queriéndote así, lloro... a causa de que me dices palabras de amor. Por oírlas con la cara descubierta daría mi sangre. Pero tú, que acabas de jurar que me adoras, ahora que me ves envuelta en este trapo verde, tú... huirías de mí si me presentase sin careta. Me has perseguido, me has dado caza, solo porque no veías mi rostro. Y ni soy vieja ni fea... ¡No es eso! ¡Mírame y comprenderás! ¡Mírame y después... ya no tendrás que volver a mirarme nunca!

Y alzándose el antifaz, el dominó verde me enseñó la cara de mi abandonada, de mi rechazada, de mi desdeñada María... Aprovechando mi estupor, corrió, saltó al coche que la aguardaba, y al quererme precipitar detrás de ella, oí el estrépito de las ruedas sobre el empedrado.

Desde tan triste episodio carnavalesco sé que lo único que nos trastorna es un trapo verde —la Esperanza, la máscara eterna, la encubierta que siempre huye, la que todo lo promete... la que bajo su risueño disfraz oculta el descolorido rostro del viejo Desengaño.

La perla rosa

Solo el hombre que de día se encierra y vela muchas horas de la noche para ganar con qué satisfacer los caprichos de una mujer querida (díjome en quebrantada voz mi infeliz amigo) comprenderá el placer de juntar a escondidas una regular suma, y así que la redondea, salir a invertirla en el más quimérico, en el más extravagante e inútil de los antojos de esa mujer. Lo que ella contempló a distancia como irrealizable sueño, lo que apenas hirió su imaginación con la punzada de un deseo loco, es lo que mi iniciativa, mi laboriosidad y mi cariño van a darla dentro de un instante... y ya creo ver la admiración en sus ojos, y ya me parece que siento sus brazos ceñidos a mi cuello, para estrecharme con delirio de gratitud.

Mi único temor, al echarme a la calle con la cartera bien lastrada y el alma inundada de júbilo, era que el joyero hubiese despachado ya las dos encantadoras perlas color de rosa que tanto entusiasmaron a Lucila la tarde que se detuvo, colgada de mi brazo, a golosinear con los ojos el escaparate. Es tan difícil reunir dos perlas de ese raro y peregrino matiz, de ese hermoso oriente, de esa perfecta forma globulosa, de esa igualdad absoluta, que juzgué imposible que alguna señora antojadiza como mi mujer, y más rica, no las encerrase ya en su guardajoyas. Y me dolería tanto que así hubiese sucedido, que hasta me latió el corazón cuando vi sobre el limpio cristal, entre un collar magnífico y una cascada de brazaletes de oro, el fino estuche de terciopelo blanco donde lucían misteriosamente las dos perlas rosa orladas de brillantes.

Aunque iba preparado a que me hiciesen pagar el capricho, me desconcertó el alto precio en que el joyero tasaba las perlas. Todas mis economías, y un pico, iban a invertirse en aquel par de botoncitos, no más gruesos que un garbanzo chiquitín. Me asaltó la duda —¡soy tan poco experto en compras de lujo!— de si el joyero pretendería explotar mi ignorancia pidiéndome, solo por pedir, un disparate, creyendo tal vez que mi pelaje no era el de un hombre capaz de adquirir dos perlas rosa. A tiempo que pensaba así, observé, al través del alto y diáfano vidrio de la tienda, que pasaba por la acera mi antiguo condiscípulo y mejor amigo Gonzaga Llorente. Ver su apuesta figura y salir a llamarle fue todo uno. ¿Quién mejor para ilustrarme y aconsejarme que el elegante Gonzaga, tan al corriente de la moda, tan lanzado al mundo, tan bien relacionado, que cada visita que hacía a nuestra modesta y burguesa casa —y hacía bastantes desde algún tiempo acá— yo la estimaba como especialísima prueba de afecto?

Manifestando cordial sorpresa, Gonzaga se volvió y entró conmigo en la joyería, enterándose del asunto. Inmediatamente se declaró admirador de las perlas rosa, y añadió que sabía que andaban bebiendo los vientos por adquirirlas ciertas empingorotadas señoras, entre las cuales citó a dos o tres de altisonantes títulos. En un discreto aparte me aseguró que el precio que exigía el joyero no tenía nada de excesivo, en atención a la singularidad de las perlas. Y como yo recelase aún, molestado por el piquillo que en aquel momento no me era posible abonar, Gonzaga, con su simpática franqueza, abrió la cartera y me entregó varios billetes, bromeando y jurando que si yo no admitiese tan pequeño servicio, en todos los días de su vida volvería a mirarme a la cara. ¡Qué miserables somos! No debí aceptar el préstamo; no debí llevar a mi casa sino lo que pudiese pagar al contado... pero la pasión me dominaba, y hubiese besado de rodillas la mano que me ofrecía medio de satisfacerla. Convinimos en que Gonzaga almorzaría con nosotros al día siguiente, en celebración del estreno de las perlas rosa, y con el estuche en el bolsillo me dirigí a mi casa disparado; quisiera tener alas.

Lucila trasteaba cuando yo entré, y al verme plantado delante de ella, diciéndola con cara de beatitud «Regístrame», comprendió y murmuró «Regalo tenemos». Viva y traviesa (¡su manera de ser!) revolvió mis bolsillos haciéndome cosquillas deliciosas, hasta acertar con el estuche. El grito que exhaló al ver las perlas es de eso que no se olvida jamás. En la efusión de su agradecimiento, me sobó la cara y hasta me besó... ¡Puede que en aquel instante me quisiese un poco! No acertaba a creer que joya tan codiciada y espléndida fuese suya; no podía convencerse de que iba a ostentarla. Y yo mismo, desabrochando los sencillos aretes de oro que Lucila llevaba puestos, enganché las perlas rosa en las orejitas pequeñas, encendidas de placer. Me hace mucho daño acordarme de estas tonterías, pero me acuerdo siempre.

Al otro día, que era domingo, almorzó en casa Gonzaga y estuvimos todos bulliciosos y decidores. Lucila se había puesto el vestido de seda gris, que la sentaba muy bien, y una rosa en el pecho —una rosa del mismo color de las perlas—. Gonzaga nos convidó al teatro y nos llevó a Apolo, a una función alegre, en que sin tregua nos reímos. Al otro día volví con afán a mis quehaceres, pues deseaba saldar cuanto antes el pico, resto de las perlas. Regresé a mi casa a la hora de costumbre, y al sentarme a la mesa, mi primera mirada fue para las orejas de Lucila. Di un salto y lancé una interjección al ver que faltaba del diminuto cerco de brillantes una de las perlas rosa.

—¡Has perdido una perla! —exclamé.

—¿Cómo una perla? —tartamudeó mi mujer echando mano a sus orejas y palpando los aretes—. Al ver que era cierto, quedose tan aterrada que me alarmé, no ya por la perla, sino por el susto de Lucila.

—Calma —la dije—. Busquemos, que parecerá.

Excuso decir que empezamos a mirar y registrar por todas partes, recorriendo la alfombra, sacudiendo las cortinas, alzando los muebles, escudriñando hasta cajones que Lucila afirmaba no haber abierto desde un mes antes. A cada pesquisa inútil, los ojos de Lucila se arrasaban de lágrimas. Mientras revolvíamos, se me ocurrió preguntarla:

—¿Has salido esta tarde?

—Sí... creo que sí... —respondió titubeando.

—¿A dónde?

—A varios sitios... es decir... Fui... por ahí... a compras...

—Pero... ¿a qué tiendas?

—¡Qué sé yo! A la calle de Postas... a la plazuela del Ángel... a la Carrera...

—¿A pie o en coche?

—A pie... Luego tomé un cochecillo.

—¿No recuerdas el punto... el número?

—¿Cómo quieres que lo recuerde? ¡Válgame Dios! Si era un coche que pasaba —objetó nerviosamente Lucila, que rompió a sollozar con amargura.

—Pero las tiendas sí las recordarás... Dímelas, que iré una por una, a ver si en el suelo o en el mostrador... Pondremos anuncios...

—¡Si no me acuerdo! ¡Por Dios, déjame en paz! —exclamó tan afligida que no me atreví a insistir, y preferí aguardar a que se calmase.

Pasamos una noche de inquietud y desvelo; oí a Lucila suspirar y dar vueltas en la cama, como si no consiguiese dormir. Yo, entretanto, discurría modos de recuperar la perla rosa. Levanteme temprano, me vestí, y a las ocho llamaba a la puerta de Gonzaga Llorente. Había oído decir que la policía, en casos especiales, averigua fácilmente el paradero de los objetos perdidos o robados, y esperaba que Gonzaga, con su influencia y sus altas relaciones, me ayudaría a emplear este supremo recurso.

—El señorito está durmiendo, pero pase usted al gabinete, que dentro de diez minutos le entraré el chocolate y preguntaré si puede usted verle —dijo el criado, al notar mi insistencia y mi premura.

Me avine a esperar. El criado abrió las maderas del gabinete, en cuyo ambiente flotaban esencias y olor de cigarro. ¡Cuando pienso en lo distinta que sería mi suerte si aquel criado me hace pasar inmediatamente a la alcoba...!

Lo cierto es... que al primer alegre rayo de sol que cruzó las vidrieras, y antes de que el criado me dijese «tome usted asiento», yo había visto brillar sobre el ribete de paño azul de la piel de oso blanco, tendida al pie del muelle diván turco, ¡la perla, la perla rosa!

Si esto que me sucedió le sucede a usted, y usted me pregunta qué debe hacerse en tales circunstancias, yo respondo de seguro con gran energía: «Coger una espada de la panoplia que supera el diván, y atravesársela por el pecho al que duerme ahí al lado, para que nunca más despierte».

¿Sabe usted lo que hice? Me bajé; recogí la perla; la guardé en el bolsillo; salí de aquella casa; subí a la mía; encontré a mi mujer levantada y muy desencajada; la miré, y no la ahogué; con voz tranquila la ordené que se pusiese los pendientes; saqué la perla del bolsillo... y cogiéndola entre dos dedos, la dije: «Aquí está lo que perdiste. ¿Qué tal, lo encontré pronto?».

Es cierto que al acabar me dio no sé qué arrechucho o qué vértigo de locura; eché mano a aquellas orejas diminutas, arranqué de ellas los pendientes, y todo lo pisoteé. Por fortuna, pude dominarme en el acto... y bajar la escalera y refugiarme en el café más próximo, donde pedí *cognac*...

¿Que si he vuelto a ver a Lucila?... Una vez... Iba del brazo de *otro*, que ya no era Gonzaga. Por cierto que me fijé en que el lóbulo de la oreja izquierda lo tiene partido. Sin duda se lo rasgué yo... involuntariamente.

La caja de oro

Siempre la había visto sobre su mesa, al alcance de su mano bonita, que a veces se entretenía en acariciar la tapa suavemente; pero no me era posible averiguar lo que encerraba aquella caja de filigrana de oro con esmaltes finísimos, porque apenas intentaba apoderarme del juguete, su dueña lo escondía precipitada y nerviosamente en los bolsillos de la bata, o en lugares todavía más recónditos, dentro del seno, haciéndola así inaccesible.

Y cuanto más la ocultaba su dueña, mayor era mi afán por enterarme de lo que la caja contenía. ¡Misterio irritante y tentador! ¿Qué guardaba el artístico chirimbolo? ¿Bombones? ¿Polvos de arroz? ¿Esencias? Si encerraba alguna de estas cosas tan inofensivas, ¿a qué venía la ocultación? ¿Encubría un retrato, una flor seca, pelo? Imposible: tales prendas, o se llevan mucho más cerca o se custodian mucho más lejos: o descansan sobre el corazón, o se archivan en un secreter bien cerrado, bien seguro... No eran despojos de amorosa historia los que dormían en la cajita de oro, esmaltada de azules quimeras, fantásticas rosas y volutas de verde ojiacanto.

Califiquen como gusten mi conducta los incapaces de seguir la pista a una historia, tal vez a una novela. Llámenme enhorabuena indiscreto, antojadizo, y por contera, entrometido y fisgón impertinente. Lo cierto es que la cajita me volvía tarumba, y agotados los medios legales, puse en juego los ilícitos y heroicos... Mostreme perdidamente enamorado de la dueña, cuando solo lo estaba de la cajita de oro; cortejé en apariencia a una mujer, cuando solo cortejaba a un secreto; hice como si persiguiese la dicha... cuando solo perseguía la satisfacción de la curiosidad. Y la suerte, que acaso me negaría la victoria si la victoria realmente me importase, me la concedió... por lo mismo que al concedérmela me echaba encima un remordimiento.

No obstante, después de mi triunfo, la que ya me entregaba cuanto entrega la voluntad rendida, defendía aún, con invencible obstinación, el misterio de la cajita de oro. Desplegando zalameras coqueterías o repentinas y melancólicas reservas; discutiendo o bromeando; apurando los ardides de la ternura o las amenazas del desamor, suplicante o enojado, nada obtuve; la dueña de la caja persistió en negarse a que me enterase de su contenido, como si dentro del lindo objeto existiese la prueba de algún crimen.

Repugnábame emplear la fuerza y proceder como procedería un patán, y además, exaltado ya mi amor propio (a falta de otra exaltación más dulce y profunda), quise deber al cariño y solo al cariño de la hermosa la clave del enigma. Insistí, me sobrepujé a mí mismo, desplegué todos los recursos, y como el artista que cultiva por medio de las reglas la inspiración, llegué a tal grado de maestría en la comedia del sentimiento, que logré arrebatar al auditorio. Un día en que algunas fingidas lágrimas acreditaron mis celos, mi persuasión de que la cajita encerraba la imagen de un rival, de alguien que aún me disputaba el alma de aquella mujer, la vi demudarse, temblar, palidecer, echarme al cuello los brazos, y exclamar, por fin, con sinceridad que me avergonzó:

—¡Qué no haría yo por ti! Lo has querido... pues sea. Ahora mismo verás lo que hay en la caja.

Apretó un resorte; la tapa de la caja se alzó, y divisé en el fondo unas cuantas bolitas tamañas como guisantes, blanquecinas, secas. Miré sin comprender, y ella, reprimiendo un gemido, dijo solemnemente:

—Esas píldoras me las vendió un curandero que realizaba curas casi milagrosas en la gente de mi aldea. Se las pagué muy caras, y me aseguró que, tomando una al sentirme enferma, tengo asegurada la vida. Solo me advirtió que si las apartaba de mí o las enseñaba a alguien, perdían su virtud. Será superstición o lo que quieras; lo cierto es que he seguido la prescripción del curandero, y no solo se me quitaron achaques que padecía (pues soy muy débil), sino que he gozado salud envidiable. Te empeñaste en averiguar... Lo conseguiste... Para mí vales tú más que la salud y que la vida. Ya no tengo panacea, ya mi remedio ha perdido su eficacia: sírveme de remedio tú; quiéreme mucho, y viviré.

Quedeme frío. Logrado mi empeño, no encontraba dentro de la cajita sino el desencanto de una superchería y el cargo de conciencia del daño causado a la persona que al fin me amaba. Mi curiosidad, como todas las curiosidades, desde la fatal del Paraíso hasta la no menos funesta de la ciencia contemporánea, llevaba en sí misma su castigo y su maldición. Daría entonces algo bueno por no haber puesto en la cajita los ojos. Y tan arrepentido que me creí enamorado; cayendo de rodillas a los pies de la mujer que sollozaba, tartamudeé:

—No tengas miedo... Todo eso es una farsa, un indigno embuste... El curandero mintió... Vivirás, vivirás mil años... Y aunque hubiesen perdido su virtud las píldoras, ¿qué? Nos vamos a la aldea y compramos otras... Todo mi capital le doy al curandero por ellas.

Me estrechó, y sonriendo en medio de su angustia, balbuceó a mi oído:

—El curandero ha muerto.

Desde entonces la dueña de la cajita —que ya no la ocultaba ni la miraba siquiera, dejándola cubrirse de polvo en un rincón de la estantería forrada de felpa azul— empezó a decaer, a consumirse, presentando todos los síntomas de una enfermedad de languidez, refractaria a los remedios. Cualquiera que no me tenga por un monstruo supondrá que me instalé a su cabecera y la cuidé con caridad y abnegación. Caridad y abnegación digo, porque otra cosa no había en mí para aquella criatura de quien había sido verdugo involuntario. Ella se moría, quizás de pasión de ánimo, quizás de aprensión, pero por mi culpa; y yo no podía ofrecerla, en desquite de la vida que le había robado, lo que todo lo compensa: el don de mí mismo, incondicional, absoluto. Intenté engañarla santamente para hacerla dichosa, y ella, con tardía lucidez, adivinó mi indiferencia y mi disimulado tedio, y cada vez se inclinó más hacia el sepulcro.

Y al fin cayó en él, sin que ni los recursos de la ciencia ni mis cuidados consiguiesen salvarla. De cuantas memorias quiso legarme su afecto, solo recogí la caja de oro. Aún contenía las famosas píldoras, y cierto día se me ocurrió que las analizase un químico amigo mío, pues todavía no se daba por satisfecha mi maldita curiosidad. Al preguntar el resultado del análisis, el químico se echó a reír.

—Ya podía usted figurarse —dijo— que las píldoras eran de miga de pan. El curandero (¡si sería listo!) mandó que no las viese nadie... para que a nadie se le ocurriese analizarlas. ¡El maldito análisis lo seca todo!

La sirena

No es posible pintar el cuidado y desvelo con que la ratona madre atendió a su camada de ratoncillos. Gordos y lucios los crio, y alegres y vivarachos y con un pelaje ceniciento tan brillante que daba gozo: y no queriendo dejar lo divino por lo humano, prodigó a sus vástagos avisos morales sabios y rectos, y les puso en guardia contra las asechanzas y peligros del pícaro mundo. «Serán unos ratones de seso y buen juicio», decía para sí la ratona, al ver cuán atentamente la oían y cómo fruncían plácidamente el hociquito en señal de gustosa aprobación.

Mas yo os contaré aquí, muy en secreto, que los ratoncillos se mostraban tan formales, porque aún no habían asomado la cabeza fuera del agujero donde los agasajaba su mamá. Practicada en el tronco de un árbol la madriguera, les cobijaba a maravilla, y era abrigada en invierno y fresca en verano, mullida siempre, y tan oculta que los chiquillos de la escuela ni sospechaban que allí habitase una familia ratonil.

Sin embargo, de los tres de la nidada, uno ya empezaba a desear sacar el hocico, a soñar con retozos, deportes y correteos por el verde prado, que al pie del árbol se extendía alegre e incitante, esmaltado de varias flores y bullente de insectos, mariposas y reptiles. «Me gustaría por los gustares bajar ahí», pensaba el joven ratón, sin atreverse a decirlo en voz alta, de puro miedo a su madre. Un día que se le escapó alguna señal de su deseo, la madre exclamó trémula de espanto: «Ni en broma lo digas, criatura. Si no quieres que me disguste mucho, no vuelvas a hablar de salir al prado».

¿Creeréis que la prohibición le quitó al ratoncillo las ganas? ¡Bah! Ya sabéis que las prohibiciones son espuela del antojo. No atreviéndose a bajar aún el antojadizo, se pasaba las horas muertas mirando al prado deleitable. ¡Qué bueno sería trotar por entre aquella hierba suave y perfumada! ¡Qué simpático remojarse en el limpio arroyuelo que bañaba de aljófar las raíces de sauces y mimbreras! ¡Qué divertido dar caza a los viboreznos y lagartijas que se deslizaban estremeciendo el follaje y haciendo relumbrar al sol los tonos metálicos de su elegante cuerpo! ¿Por qué, vamos a ver, por qué prohibía tan inocentes recreos la madre ratona?

Un día que la mamá había salido, según costumbre, en busca de sustento para su prole, el hijo se asomó al agujero, echando más de la mitad del tronco fuera. De pronto sintió como un choque eléctrico y vio cruzar por el prado un ser encantador. Era ni más ni menos que una gatita blanca como la nieve, que fijaba en el ratoncillo sus anchas pupilas de esmeralda.

Quedose el ratón fascinado, absorto. Nunca había visto cosa más linda que la tal gata blanca. ¡Qué gracia y gentileza en sus movimientos, qué soltura en su flexible andar, qué monería en su cara picaresca, y qué virginal candor en su ropaje de armiño! ¡Y qué decir de aquellos ojos verdes con reflejos áureos, aquellos ojos cuyo mirar derretía, incendiaba el corazón!

A no estar tan próxima la hora en que solía regresar a la guarida la madre, el ratón se hubiese arrojado sin vacilar de su nido para acercarse a la preciosa gata. Le contuvieron el temor y el hábito de obedecer, que siempre reprimen un tanto, al principio, los ímpetus rebeldes; pero lo que no acertó a sujetar fue su lengua, y loco de entusiasmo, refirió a la mamá cómo le tenía fuera de sí la aparición de la gata celeste.

—Qué, ¿has visto a ese monstruo? —exclamó la madre.

—¡Monstruo una criatura tan encantadora! —suspiró el ratoncillo.

—Monstruo horrible, el más funesto, el más sanguinario, el más atroz que, por tu negra suerte, pudiste encontrar. Huye de él, hijo mío, como del fuego: mira que en huir te va la vida; mira que tu padre pereció en las garras de esa maldita fiera, y que todas mis lágrimas son obra suya.

—Madre —repuso atónito el ratoncillo—, apenas puedo creer lo que me aseguras. El agua que corre limpia y clara entre las flores del prado no tiene los matices de aquellos cándidos ojos ya verdes, ya azulados, siempre dulces, donde siempre juega misteriosamente la luz. Los pétalos de las azucenas y de los lirios del valle ceden en blancura a su nevada piel, que debe de ser más suave que el terciopelo y más flexible que la seda. ¿Cómo quieres que vea un monstruo sanguinario y horrible en la gata? ¡Ay, madre!, desde que la contemplé, solo en ella pienso. Cuanto no es ella, me parece indigno de existir. Antes me gustaban el prado y el cielo y los árboles. Ahora todo me cansa y todo lo desprecio. Madre, cúrame de este mal, porque me siento tan triste que creo que se me va a acabar la vida.

Ya supondréis que la pobre ratona haría cuanto cabe para distraer y aliviar a su retoño. A fin de cambiar sus pensamientos en otros más lícitos, llevole al agujero de unas ratas algo parientas suyas, jóvenes, ricas y honradas, que vivían royendo el trigo de repleto granero; pero el ratón se aburría de muerte entre los montones de grano, en la obscuridad de la troj, y echaba de menos el prado, que iluminaba, antes que el sol, la presencia de la gata blanca. Porque ya varias veces la había visto pasar juguetona y ligera, fijando sus radiantes pupilas en las inaccesibles alturas del árbol, y siempre que la gata aparecía, el ratón sentía ensanchársele la vida y escapársele el alma —sí, el alma, porque el amor hasta en las bestias la infunde— detrás de aquella maga de los verdes ojos.

No hubiese querido la ratona en tan críticas circunstancias separarse un minuto de su hijo, pero era forzoso salir a cazar, a procurar subsistencia para la familia, y llegó una mañana en que habiendo madrugado la ratona a dejar el nido antes de que amaneciese, el joven ratón, pensativo y melancólico, se asomó al agujero para ver nacer el día. Recta faja dorada franjeó el horizonte; poco a poco la bruma se rasgó y fue absorbiéndose en la clara pureza del cielo, por donde el sol ascendía como una rosa de oro pálido; los pajaritos saludaron su gloriosa luz con un himno de alegría alborozado y triunfal, y sobre la hierba, aljofarada aún de rocío, como sobre una red de diamantes, mostrose pasando con aristocrática delicadeza y remilgada precaución la hermosa gata blanca.

Exhaló el ratón un chillido de júbilo; la gata le miraba, parecía llamarle, invitarle a que descendiese.

—¿Quieres jugar conmigo? —preguntola él, sin reflexionar, sin acordarse para nada de las maternales advertencias.

—Baja —pareció contestar con sus ojos misteriosos la gatita.

Y el ratón bajó aprisa, disparado, ebrio de felicidad, y el juego dio principio, con muchos saltos y carreras. Fingía huir la gata; escondíase entre sauces y mimbres, y cuando el ratón se cansaba de perseguirla, ella se dejaba caer sobre la muelle alfombra del prado, y escondiendo las uñas recibía con las patitas de terciopelo al ratón, y ya le despedía, en broma, ya le estrechaba, retozando, en deleitosa mezcla e indescifrable confusión de tratamientos ásperos y dulces.

Nunca sabía el ratón, en aquel juego de veleidades, si iba a ser acogido con demostración tierna y mimosa o con fiero y desdeñoso zarpazo; y en los amados ojos de la esfinge tan pronto veía piélagos de voluptuosidad y relámpagos de risa, como destellos de ferocidad y chispazos sombríos y crueles. Más de una vez creyó notar que las patitas blandas y muertas se crispaban de súbito, y que bajo lo afelpado de la piel surgían uñas de acero. Y, ¡cosa rara!, no bien pensaba advertir síntomas tan alarmantes, el ratón cerraba los párpados y volvía gozoso y tembloroso a solazarse con la gata blanca.

Duraba aún el juego, cuando por la tarde regresó la ratona y vio de lejos la escena y a su hijo mano a mano con el monstruo. Llorando y desesperada gritole desde lejos:

—Hijo mío, que te pierdes.

El ratón, por supuesto, no la hizo maldito caso. ¡Sí, para oír consejos estaba él! Subido al quinto cielo, nunca el juego le había encantado más. La gata, por el contrario, empezaba a fatigarse y a sospechar que había perdido bastante tiempo con un ratoncillo de mala muerte; y al notar que iba a ponerse el sol, que se hacía tarde —sin modificar apenas su actitud, siempre graciosa y juguetona, como el que no hace nada—, torció la cabeza, aseguró con la boca al ratoncillo, hincó los agudos dientes... y le lanzó al aire palpitante y moribundo, para recibirle en las uñas, tendidas con violencia feroz...

A punto que una nube de sangre cubría ya los ojos del desdichado, y el delirio de la agonía ofuscaba sus sentidos, todavía pudo oírse cómo murmuraba débilmente:

—¿Quieres jugar conmigo, gatita blanca?

Por eso su madre hizo mal en llorar amargamente al incauto ratón. ¡Él expiró tan satisfecho, tan a gusto!

Así y todo...

—La sanción penal para la mujer —dijo en voz incisiva Carmona, aficionado a referir casos de esos que dan escalofríos— es no encontrar hombre dispuesto a ofrecer la mano de esposo. Una imperceptible sombra, un pecadillo de coquetería o de ligereza, cualquier genialidad, la más leve impremeditación, bastan para empañar el buen nombre de una doncella, que podrá ser honestísima, pero que, cargada con el sambenito, ya se queda soltera hasta la consumación de los siglos, sin remedio humano. Sucediendo así, ¿cómo se explica que infinitas mujeres notoriamente infames, y con razón difamadas, si cien veces enviudan, otras ciento hallan quien las lleve al altar? Para probarles este curioso fenómeno, les contaré un suceso presenciado allá en mis mocedades, que me produjo impresión tan indeleble, que jamás en toda mi vida me ocurrió la idea de casarme. Sí; por culpa de aquella historia moriré soltero, y no me pesa, bien lo sabe Dios.

El lance pasó en M***, donde estaba de guarnición uno de los regimientos más lucidos del ejército español, que por su arrojo y decisión en atacar había merecido el glorioso sobrenombre de *El Adelantado*. Era yo entrañable amigo del teniente Ramiro Quesada, mozo de arrogante figura y ardorosa cabeza, uno de esos atolondrados simpáticos, a quienes queremos como se quiere a los niños. No salía Ramiro sin mí; juntos íbamos al teatro, a los saraos, a las juergas —que ya existían entonces aunque las llamásemos de otro modo—; juntos dábamos largos paseos a caballo, y juntos hacíamos corvetear a nuestras monturas ante las floridas rejas. Nos confiábamos nuestros amoríos, nuestros apurillos de dinero, nuestras ganancias al juego, nuestros sueños y nuestras esperanzas de los veinticinco años. No éramos él ni yo precisamente unos anacoretas, pero tampoco unos perdidos: muchachos alegres, y nada más.

De repente noté que Ramiro se volvía huraño, y retrayéndose de mi trato y compañía se daba a andar solo, como si tuviese algo que le importase encubrir. Vano intento, porque en M*** no caben tapujos. Poco tardamos en averiguar la razón del cambio de carácter del teniente. La clave del enigma no era sino la esposa del capitán Ortiz, una de esas hembras que no calificaré de muy hermosas, pero peores que si lo fuesen: morena, menuda, salerosa al andar, descolorida, de ojos que parecían candelas del infierno y una cintura redonda de las que se pueden rodear con una liga. Ortiz, al parecer (y con motivo, pero sin fruto), era extremadamente celoso, y Ramiro, para avistarse con su tormento, necesitaba emplear ardides de prisionero o de salvaje. El día en que se le frustraba una cita o se le malograba furtivo coloquio en la reja que abría sobre una callejuela obscura y solitaria, estaba el pobre muchacho como demente: ni contestaba si le hablábamos. Aunque yo no alardease de moralista, ni tuviese autoridad para aconsejar, y menos en tales materias, declaro que las relaciones ilícitas de mi amigo me desazonaban mucho, y un presentimiento —le llamo así, porque no sé cómo definir el disgusto y la inquietud que sentía— me anunciaba que algo grave, algo penoso debían acarrearle a Ramiro aquellos malos pasos. Con todo, lejos estaba —a mil leguas— de suponer la tragedia que aconteció.

Cierta mañana esparciose por M*** la nueva de que el capitán Ortiz había sido encontrado muerto, con un balazo en el pecho y otro en la cabeza, casi a las puertas de su domicilio, cerca de la esquina donde se abría la callejuela lóbrega. En los primeros momentos no me asaltó la terrible sospecha: creía a Ramiro noble y leal, y solo cuando el rumor público le señaló, comprendí que únicamente él, poseído del demonio, podía haber realizado la obra de tinieblas...

A las pocas horas de descubrirse el cadáver, Ramiro fue preso. Reuniose el Consejo de guerra, y la causa marchó con la fulminante rapidez que caracteriza a la justicia militar, estimulada por la voluntad expresa del capitán general, que deseaba se cumpliesen a rajatabla las prescripciones legales y se enterrasen a la vez la víctima y el asesino. Al pronto Ramiro intentó negar; pero dos o tres frases de indignación del fiscal provocaron en él un arranque de altiva franqueza, y confesó de plano que a traición había disparado dos pistoletazos, la noche anterior, al capitán Ortiz. En cuanto a los móviles del crimen, juró y perjuró que no eran otros sino ofensas de jefe a subalterno, rencores por cuestiones de servicio. Llamada a declarar la esposa de Ortiz, compareció de negro, impávida, y aseguró que apenas conocía al asesino de vista. Este, sin pestañear, confirmó la declaración de la señora; y hallándose el reo convicto y confeso, y no habiendo tiempo ni necesidad de más averiguaciones, se pronunció la sentencia de muerte, y Ramiro entró en capilla a las tres de la tarde, para ser arcabuceado al rayar el siguiente día, a las veinticuatro horas justas del crimen.

No necesito decir que en la capilla me constituí al lado de mi amigo, que demostraba estoica entereza. Sabiendo cuánto alivia una confidencia, un desahogo, le dirigí preguntas afectuosas, llenas de interés; pero el reo se encerró en un silencio sombrío, y noté que tenía los ojos tenazmente fijos en la puerta de la capilla como en espera de que diese paso a *alguien*... ¡Lo que esperaba el sin ventura —no necesité para adivinarlo gran perspicacia— era la llegada de la mujer por quien iba a beber el amargo trago! Sin duda que *ella* no podía faltar; no podía negarle el supremo consuelo de la despedida; sin duda, el sordo ruido de pasos que resonaba en la antecámara era el de los suyos, que hacían vacilantes el miedo y el dolor... Pero corrió la tarde, empezaron a transcurrir lentas y solemnes las horas de la última noche, y la esperanza abandonó al sentenciado. El sacerdote que le exhortaba y había de absolverle y darle la sagrada comunión antes que el sol asomase en el horizonte, se retiró un momento a descansar, y solo yo con Ramiro, comprendí que por fin se abrían sus lívidos labios.

—Hace un momento sentía que *ella* no viniese —murmuró cogiéndome las manos entre las suyas abrasadoras.

—Ahora me alegro. Ya que me cuesta la vida, que no me cueste también el alma. ¿Que cómo hice la atrocidad, el cobarde asesinato de Ortiz? Mira, casi no lo sé. Me parece que quien cometió esa acción villana no fue Ramiro Quesada, sino otra persona, un hombre distinto de mí, que se me entró en el cuerpo. ¿Te acuerdas de lo alegre, de lo franco que era yo? Desde que me acerqué a... esa mujer... me volví otro. Estaba embrujado... Su marido, a quien ofendíamos, me parecía mi enemigo personal, el obstáculo a nuestra felicidad; le odiaba... creo que más de lo que la amaba a ella. Así que ella lo notó... ¡guárdame siempre el secreto!, ¡no lo digas ni a tu madre!, empezó a insinuarme, con medias palabras, la posibilidad del crimen. No hablábamos claro de ese asunto, pero nos entendíamos perfectamente; formábamos planes de retirarnos al campo *después*, y hasta —mira qué detalle— ella se compró un traje negro nuevo, diciendo que *eso siempre sirve*. Como un tornillo se fijó en mi cerebro el propósito del crimen. Y así que ella me vio resuelto, se franqueó, me exaltó más, me ofreció que compartiría mi destino, fuese el que fuese...

Aquí se detuvo Ramiro, y vi que se alteraba más

profundamente su rostro. Con voz húmeda murmuró:

—Yo no quería tanto... ¡Compartir mi destino! Ya ves que ante el Consejo he logrado salvarla... Prefiero morir solo... Pero verla aquí, un momento... antes de... Al fin, si fui asesino, lo fui por ella, solo por ella... ¡Maldita sea mi suerte! Si no conozco a esa mujer, soy siempre honrado y tal vez me matan defendiendo a la Patria. ¡El sino del hombre!

—¿Y le fusilaron? —preguntamos ansiosos.

—¡Pues no! Según deseaba el general, a un tiempo se cavó la hoya del marido y la del amante. Yo, después del horrible día, me marché de M***, donde me consumía el tedio. Al volver, pasados cinco años, tuve curiosidad de saber qué había sido de la esposa del capitán Ortiz... y aquí de lo que decíamos: supe que vivía tranquila, casada en segundas nupcias con un acaudalado caballero. Sin embargo, en M*** era pública la causa del triste fin de Ramiro...

Acabó así su relato Carmona, y vimos que inclinaba la cabeza, abrumado por memorias crueles.

Delincuente honrado

—De todos los reos de muerte que he asistido en sus últimos instantes —nos dijo el padre Téllez, que aquel día estaba animado y verboso— el que me infundió mayor lástima fue un zapatero de viejo, asesino de su hija única. El crimen era horrible. El tal zapatero, después de haber tenido a la pobre muchacha rigurosamente encerrada entre cuatro paredes; después de reprenderla por asomarse a la ventana; después de maltratarla, pegándola por leves descuidos, acabó llegándose una noche a su cama, y clavándola en la garganta el cuchillo de cortar suela. La pobrecilla parece que no tuvo tiempo ni de dar un grito, porque el golpe segó la carótida. Esos cuchillos son un arma atroz, y al padre no le tembló la mano; de modo que la muchacha pasó, sin transición, del sueño a la eternidad.

»La indignación de las comadres del barrio y de cuantos vieron el cadáver de una criatura preciosa de diez y siete años, tan alevosamente sacrificada, pesó sobre el Jurado; y como el asesino no se defendía y parecía medio estúpido, le condenaron a la última pena. Cuando tuve que ejercer con él mi sagrado ministerio, a la verdad, temí encontrar, detrás de un rostro de fiera, un corazón de corcho, o unos sentimientos monstruosos y salvajes. Lo que vi fue un anciano de blanquísimos cabellos, cara demacrada y ojos enrojecidos, merced al continuo fluir de las lágrimas, que poco a poco se deslizaban por las mejillas consumidas, y a veces paraban en los labios temblones, donde el criminal, sin querer, las bebía y saboreaba su amargor.

»Lejos de hallarle rebelde a la divina palabra, apenas entré en su celda se abrazó a mis rodillas y me pidió que le escuchase en confesión, rogándome también que, después de cumplir el fallo de la justicia, hiciese públicas sus revelaciones en los periódicos, para que rehabilitasen su memoria y quedase su decoro como correspondía. No juzgué procedente acceder en este particular a sus deseos: pero hoy los invoco, y me autorizan para contarles a ustedes la historia. Procuraré recordar el mismo lenguaje de que él se sirvió, y no omitiré las repeticiones, que prueban el trastorno de su mísera cabeza:

»—Padre confesor —empezó por decir—, ante todo sepa usted que yo soy un hombre decente, todo un caballero. Esa niña... que maté... nació... al año de haberme casado. Era bonita, y su madre también... ¡ya lo creo!, ¡preciosa, que daba gloria el mirarla! Yo tenía ya algunos añitos... y ella, una moza de rumbo, más fresca que las mismas rosas. Digo la madre, señor; digo su madre, porque por la madre tenemos que principiar. Los hijos, así como heredan los dineros del que los tiene... heredan otras cosas... Usted, que sabrá mucho, me entenderá. ¡Yo no sé nada, pero... a caballero no me ha ganado nadie!

»La madre... yo me miraba en sus ojos, porque la quería de alma, según corresponde a un marido bueno. Le hacía regalos; trabajaba día y noche para que tuviese su ropa maja y su mantón y sus aretes, y sobre todo... ¡porque eso es antes!, a diario su puchero sano, y cuando parió, su cuartillo de vino y su gallina... No me remuerde la conciencia de haberla escatimado un real. Ella era alegre y cantaba como una calandria, y a mí se me quitaban las penas de oírla. Lo malo fue que como la celebraron la voz y las coplas, y empezaron a remolinarse para escucharla, y el uno que llega y el otro que se pega, y este que encaja una pulla, y aquel que suelta un requiebro... en fin, vi que se ponía aquello muy mal, y la dije lo que venía al caso. ¿Sabe usted lo que me contestó? Que no lo podía remediar, que la gustaba el gentío y oír cómo la jaleaban, que cada cual es según su natural y que no le rompiese la cabeza con sermones... De allí a un mes (no se me olvida la fecha, el día de la Candelaria) desapareció de casa, sin dar siquiera un beso a la niña... que tenía sus cinco añitos y era como un sol.

»Aquí —intercaló el padre Téllez— tuvo una crisis de sollozos, y por poco me enternezco yo también, a pesar de que la costumbre de asistir a los reos endurece y curte. Le consolé cuanto era posible, le di a beber un trago de anís, y el desdichado prosiguió.

»—Supe luego que andaba por los coros de los teatros, y sabe Dios cómo... y lo que más me barajaba los sesos (¡porque la honra trabaja mucho!) era que me decían los amigos, al pasar delante de mi obrador: "No tienes vergüenza... Yo que tú, la mato". De tanto oírlo, se me pegó el estribillo, y mientras batía suela, ¡tan, tan, catán!, repetía en alto: "No tengo vergüenza... ¡Había que matarla!". Solo que ni la encontré en jamás, ni tuve ánimos para echarme en su busca. Y así que pasaron tres años, nadie me venía con que la matase, porque ella rodaba por Andalucía, hasta que se la llevaron a América... ¡qué sé yo adonde! ¡Si vive y lee los diarios y ve como murió su hija...!

»El reo tuvo un ataque de risa convulsiva, y le sosegué otra vez a fuerza de exhortaciones y consejos.

»—Así que se me quitó de la imaginación la madre, empecé a cuidar de la niña. No tenía otra cosa para qué mirar en el mundo. Me propuse que no había de perderse, ni arrimarme otro tiznón, y no la dejé salir ni al portal. Aunque me dijese, es un verbigracia: "Padre, tengo ganas de correr" o "Padre, me pide el cuerpo ir a la plazuela", nada, yo sujetándola, que se divirtiese con su canario, o con los pliegos de aleluyas, o con la maceta de albahaca, ¡pero sin sacar un dedo fuera! Y así que fue espigando, y me hice cargo de que era muy bonita, tan bonita como su madre, y parecida a ella como una gota a otra gota... y con una voz de ángel también, se me abrieron los ojos de a cuarta, y dije: "No, lo que es tú... no has de echarme el borrón".

»"Y me convertí en espía, y la velé hasta el sueño, y no contento con guardarla dentro de casa, me paseaba por la callejuela debajo de su ventana, a ver si andaba por allí algún zángano; tanto que la castañera de la esquina me dijo así: 'Abuelo, está usted chiflado. ¿A quién se le ocurre rondar a su propia hija? ¡Qué viejos más escamones!'. Pero no lo podía remediar. Toda cuanta candidez y buena fe había tenido con la madre, ahora se me volvía desconfianza; se me había clavado aquí, entre las cejas, que mi hija se perdería, que era infalible que se perdiese, sobre todo si daba en cantar; y me eché de rodillas delante de ella, y la obligué a que me jurase que no cantaría nunca, así se hundiese el mundo. Y me lo juró: solo que, como ya no era yo aquel de antes, de allí a pocas mañanas, acechando desde la esquina, la veo que abre la ventana, que se pone a regar las macetas, y que al mismo tiempo, a competencia con el canario, rompe a cantar... Me dio la sangre una vuelta redonda y se me quedaron las manos frías. Volví a casa, entré en el cuarto de la muchacha, la cogí por el pelo y debí de pegarla bastante, porque gritó y estuvo más de una semana con una venda. ¿Creerá usted, padre, que se enmendó? A los quince días vuelvo a rondar y vuelve a asomarse, y otra vez el canticio, y enfrente un grupo de mozalbetes que se para y la dice muchos olés... Callé; no entré a castigarla; y por la tarde, mientras batía mi suela, me parecía que una voz rara, como de algún chulo que se reía de mí, me decía lo mismo que doce años antes: 'No tienes vergüenza... Había que matarla'. Cené muy triste, y después de que me acosté, la misma voz, erre que erre: 'Matarla, matarla...'. Entonces me levanté despacio, cogí la herramienta, fui en puntillas, me acerqué a la cama, y de un solo golpe... Ahora hagan de mí lo que quieran, que ya tengo mi honra desempeñada.

»¿Creerán ustedes —añadió el padre Téllez— que no le pude quitar la tema de la honra? Se arrepentía... pero a los dos minutos volvía a porfiar que era un caballero, y su conducta, más que culpable, ejemplar... En este terreno casi murió impenitente...

—Estaría loco —dijimos, a fin de consolar al sacerdote, que se había quedado muy abatido al terminar su relato.

Champagne

Al destaparse la botella de dorado casco, se obscurecieron los ojos de la compañera momentánea de Raimundo Valdés, y aquella sombra de dolor o de recuerdo despertó la curiosidad del joven, que se propuso inquirir por qué una hembra que hacía profesión de jovialidad se permitía demostrar sentimientos tristes, lujo reservado solamente a las mujeres honradas, dueñas y señoras de su espíritu y de su corazón.

Solicitó una confidencia y, sin duda, la *prójima* se encontraba en uno de esos instantes en que se necesita expansión, y se le dice al primero que llega lo que más hondamente puede afectarnos, pues sin dificultades ni remilgos contestó, pasándose las manos por los ojos:

—Me conmueve siempre ver abrir una botella de Champagne, porque ese vino me costó muy caro... el día de mi boda.

—¿Pero tú te has casado alguna vez... ante un cura? —preguntó Raimundo con festiva insolencia.

—Ojalá no —repuso ella con el acento de la verdad, con franqueza impetuosa—. Por haberme casado ando como me veo.

—Vamos, ¿tu marido será algún tramposo, algún pillo?

—Nada de eso. Administra muy bien lo que tiene, y posee miles de duros... miles, sí, o cientos de miles.

—Chica, ¡cuántos duros! En ese caso... ¿te daba mala vida? ¿Tenía líos? ¿Te pegaba?

—Ni me dio mala vida, ni me pegó, ni tuvo líos, que yo sepa... ¡Después sí que me han pegado! Lo que hay es que le faltó tiempo para darme vida mala ni buena, porque estuvimos juntos, ya casados, un par de horas nada más.

—¡Ah! —murmuró Valdés, presintiendo una aventura interesante.

—Verás lo que pasó, prenda. Mis padres fueron personas muy regulares, pero sin un céntimo. Papá tenía un empleíllo, y con el angustiado sueldo se las arreglaban. Murió mi madre; a mi padre le quitaron el destino... y como no podía mantenernos el pico a mi hermano y a mí, y era bastante guapo, se dejó camelar por una jamona muy rica, y se casó con ella en segundas. Al principio mi madrastra se portó... vamos, bien: no nos miraba a los hijastros con malos ojos. Pero así que yo fui creciendo y haciéndome mujer, y que los hombres dieron en decirme cosas en la calle, comprendí que en casa me cobraban ojeriza. Todo cuanto yo hacía era mal hecho, y tenía siempre detrás al juez y al alguacil... la madrastra. Mi padre se puso muy pensativo, y comprendí que le llegaba al alma que se me tratase mal. Y lo que resultó de estas trifulcas fue que se echaron a buscarme marido para zafarse de mí. Por casualidad lo encontraron pronto, sujeto acomodado, cuarentón, formal, recomendable, seriote... En fin, mi mismo padre se dio por contento y convino en que era una excelente proporción la que se me presentaba. Así es que ellos en confianza trataron y arreglaron la boda, y un día, encontrándome yo bien descuidada... ¡a casarse!, y no vale replicar.

—¿Y qué efecto te hizo la noticia? ¿Malo, eh?

—Malísimo... porque yo tenía la tontuna de estar enamorada hasta los tuétanos, como se enamora una chiquilla, pero chiquilla forrada de mujer... de *uno* de infantería, un teniente pobre como las ratas... y se me había metido en la cabeza que aquel había de ser mi marido apenas saliese a capitán. Las súplicas de mi padre; los consejos de las amigas; las órdenes y hasta los pescozones de mi madrastra, que no me dejaba respirar, me aturdieron de tal manera que no me atreví a resistir. Y vengan regalos, y desclávense cajones de vestidos enviados de Madrid, y cuélguese usted los faralaes blancos, y préndase el embelequito de la corona de azahar, y a la iglesia, y ahí te suelto la bendición, y en seguida gran comilona, los amigos de la familia y la parentela del novio que brindan y me ponen la cabeza como un bombo, a mí que más ganas tenía de lloriquear que de probar bocado...

—Hija, por ahora no encuentro mucho de particular en tu historia. Casarse así, rabiando y por máquina, es bastante frecuente.

—Aguarda, aguarda —advirtió amenazándome

con la mano—. Ahora entra lo ridículo, la peripecia... Pues, señor, yo en mi vida había probado el tal Champagne... Me sirvieron la primera copa para que contestase a los brindis, y después de vaciarla me pareció que me sentía con más ánimos, que se me aliviaban el malestar y la negra tristeza. Bebí la segunda, y el buen efecto aumentó. La alegría se me derramaba por el cuerpo... Entonces me deslicé a tomar tres, cuatro, cinco, quizás media docena...

»Los convidados bromeaban celebrando la gracia de que bebiese así, y yo bebía buscando en la especie de vértigo que causa el Champagne un olvido completo de lo que había de suceder y de lo que me estaba sucediendo ya. Sin embargo, me contuve antes de llegar a trastornarme por completo, y solo podían notar en la mesa que reía muy alto, que me relucían los ojos, y que estaba sofocadísima.

»Nos esperaba un coche a mi marido y a mí, coche que nos había de llevar a una casa de campo de él, a pasar la primera semana después de la boda. Chiquillo, no sé si fue el movimiento del coche o si fue el aire libre, o buenamente que estaba yo como una uva, pero lo cierto es que apenas me vi sola con el tal hombre y él pretendió hacerme garatusas cariñosas, se me desató la lengua, se me arrebató la sangre, y le solté de pe a pa lo del teniente, y que solo al teniente quería, y teniente va y teniente viene, y dale con si me han casado contra mi gusto, y toma con que ya me desquitaría y le mataría a palos... Barbaridades, cosas que inspira el vino a los que no acostumbran... Y mi esposo, más pálido que un muerto, mandó que volviese atrás el coche, y en el acto me devolvió a mi casa. Es decir, esto me lo dijeron luego, porque yo, de puro borrachina... de nada me enteré.

—¿Y nunca más te quiso recibir tu marido?

—Nunca más. Parece que le espeté atrocidades tremendas. Ya ves; quien hablaba por mi boca era el maldito espumoso...

—¿Y... en tu casa? ¿Te admitieron contentos?

—¡Quia! Mi madrastra me insultaba horriblemente, y mi padre lloraba por los rincones... Preferí tomar la puerta, ¡qué caramba!

—¿Y... el teniente?

—¡Sí, busca teniente! Al saber mi boda se había echado otra novia, y se casó con ella poco después.

—¿Sabes que has tenido mala sombra?

—Mala por cierto... Pero creo que si todas las mujeres hablasen lo que piensan, como hice yo por culpa del Champagne, más de cuatro y más de ocho se verían peor que esta individua.

—¿Y no te da tu marido alimentos? La ley le obliga.

—¡Bah! Eso ya me lo avisó un abogadito que tuve... ¡El diablo que se meta a pleitear! ¿Voy a pedirle que me mantenga a ese, después del desengaño que le costé? Anda, ponme más Champagne... Ahora ya puedo beber lo que quiera. No se me escapará ningún secreto.

Sor Aparición

En el convento de las Clarisas de S..., a través de la doble reja baja, vi a una monja postrada, adorando. Estaba de frente al altar mayor, pero tenía el rostro pegado al suelo, los brazos extendidos en cruz, y guardaba inmovilidad absoluta. No parecía más viva que los yacentes bultos de una reina y una infanta, cuyos mausoleos de alabastro adornaban el coro. De pronto la monja prosternada se incorporó, sin duda para respirar, y pude distinguir sus facciones. Se notaba que había debido de ser muy hermosa en sus juventudes, como se conoce que unos paredones derruidos fueron palacios espléndidos. Lo mismo podría contar la monja ochenta años que noventa: su cara, de una amarillez sepulcral, su temblorosa cabeza, su boca consumida, sus cejas blancas, revelaban ese grado sumo de la senectud en que hasta es insensible el paso del tiempo.

Lo singular de aquella cara espectral, que ya pertenecía al otro mundo, eran los ojos. Desafiando a la edad, conservaban, por caso extraño, su fuego, su intenso negror, y una violenta expresión apasionada y dramática. La mirada de tales ojos no podía olvidarse nunca. Semejantes ojos volcánicos serían inexplicables en monja que hubiese ingresado en el claustro ofreciendo a Dios un corazón inocente; delataban un pasado borrascoso; despedían la luz siniestra de algún terrible recuerdo. Sentí ardiente curiosidad, sin esperar que la suerte me deparase a alguien conocedor del secreto de la religiosa.

Sirviome la casualidad a medida del deseo. La misma noche, en la mesa redonda de la posada, trabé conversación con un caballero machucho, muy comunicativo y más que medianamente perspicaz, de esos que gozan cuando enteran a un forastero. Halagado por mi interés, me abrió de par en par el archivo de su feliz memoria. Apenas nombré el convento de las Claras e indiqué la especial impresión que me causaba el mirar de la monja, mi guía exclamó:

—¡Ah! ¡Sor Aparición! Ya lo creo, ya lo creo... Tiene un *no sé qué* en los ojos... Lleva escrita allí su historia. Donde usted la ve, los dos surcos de las mejillas, que de cerca parecen canales, se los han abierto las lágrimas. ¡Llorar más de cuarenta años! Ya corre agua salada en tantos días... El caso es que el agua no le ha apagado las brasas de la mirada... ¡Pobre sor Aparición! Le puedo descubrir a usted el *quid* de su vida mejor que nadie, porque mi padre la conoció moza, y hasta creo que la hizo unas miajas el amor... ¡Es que era una deidad!

Sor Aparición se llamó en el siglo Irene. Sus padres eran gente hidalga, ricachos de pueblo; tuvieron varios retoños, pero los perdieron, y concentraron en Irene el cariño y el mimo de hija única. El pueblo donde nació se llama A... Y el destino, que con las sábanas de la cuna empieza a tejer la cuerda que ha de ahorcarnos, hizo que en ese mismo pueblo viese la luz, algunos años antes que Irene, el famoso poeta...

Lancé una exclamación y pronuncié, adelantándome al narrador, el glorioso nombre del autor del *Arcángel maldito* —tal vez el más genuino representante de la fiebre romántica—; nombre que lleva en sus sílabas un eco de arrogancia desdeñosa, de mofador desdén, de acerba ironía y de nostalgia desesperada y blasfemadora. Aquel nombre y el mirar de la religiosa se confundieron en mi imaginación, sin que todavía el uno me diese la clave del otro, pero anunciando ya, al aparecer unidos, un drama del corazón de esos que chorrean viva sangre.

—El mismo —repitió mi interlocutor—, el célebre Juan de Camargo, orgullo del pueblecito de A..., que ni tiene aguas minerales, ni santo milagroso, ni catedral, ni lápidas romanas, ni nada notable que enseñar a los que lo visitan, pero repite envanecido: «En esta casa de la plaza nació Camargo».

—Vamos —interrumpí—, ya comprendo; sor Aparición... digo, Irene, se enamoró de Camargo, él la desdeñó, y ella, para olvidar, entró en el claustro...

—¡Chsss! —exclamó el narrador sonriendo—; ¡espere usted, espere usted, que si no fuese más! De eso se ve todos los días; ni valdría la pena de contarlo. No; el caso de sor Aparición tiene miga. Paciencia, que ya llegaremos al fin.

»De niña, Irene había visto mil veces a Juan de Camargo, sin hablarle nunca, porque él era ya mozo y muy huraño y retraído: ni con los demás chicos del pueblo se juntaba. Al romper Irene su capullo, Camargo, huérfano, ya estudiaba leyes en Salamanca, y solo venía a casa de su tutor durante las vacaciones. Un verano, al entrar en A..., el estudiante levantó por casualidad los ojos hacia la ventana de Irene y reparó en la muchacha, que fijaba en él los suyos... unos ojos de date preso, dos soles negros, porque ya ve usted lo que son todavía ahora. Refrenó Camargo el caballejo de alquiler, para recrearse en aquella soberana hermosura; Irene era un asombro de guapa. Pero la muchacha, encendida como una amapola, se quitó de la ventana cerrándola de golpe. Aquella misma noche, Camargo, que ya empezaba a publicar versos en periodiquillos, escribió unos, preciosos, pintando el efecto que le había producido la vista de Irene en el momento de llegar a su pueblo... Y envolviendo en los versos una piedra, al anochecer la disparó contra la ventana de Irene. Rompiose el vidrio, y la muchacha recogió el papel y leyó los versos, no una vez, ciento, mil: los bebió, se empapó en ellos. Sin embargo, aquellos versos, que no figuran en la colección de las poesías de Camargo, no eran declaraciones amorosas, sino algo raro, mezcla de queja e imprecación. El poeta se dolía de que la pureza y la hermosura de la niña de la ventana no se hubiesen hecho para él, que era un réprobo. Si él se acercase, marchitaría aquella azucena... Después del episodio de los versos, Camargo no dio señales de acordarse de que existía Irene en el mundo, y en octubre se dirigió a Madrid. Empezaba el período agitado de su vida, las aventuras políticas y la actividad literaria.

»Desde que Camargo se marchó, Irene se puso triste, llegando a enfermar de pasión de ánimo. Sus padres intentaron distraerla; la llevaron algún tiempo a Badajoz, la hicieron conocer jóvenes, asistir a bailes; tuvo adoradores, oyó lisonjas... pero no mejoró de humor ni de salud.

No podía pensar sino en Camargo, a quien era aplicable lo que dice Byron de *Lara*: que los que le veían no le veían en vano; que su recuerdo acudía siempre a la memoria, pues hombres tales lanzan un reto al desdén y al olvido. No creía la misma Irene hallarse enamorada; juzgábase solo víctima de un maleficio, emanado de aquellos versos tan sombríos, tan extraños. Lo cierto es que Irene tenía eso que ahora llaman obsesión, y a todas horas veía *aparecerse* a Camargo, pálido, serio, el rizado pelo sombreando la pensativa frente... Los padres de Irene, al observar que su hija se moría minada por un padecimiento misterioso, decidieron llevarla a la corte, donde hay grandes médicos para consultar y también grandes distracciones.

»Cuando Irene llegó a Madrid, era célebre Camargo. Sus versos fogosos, altaneros, de sentimiento fuerte y nervioso, hacían escuela; sus aventuras y genialidades se comentaban. Asociada con él una pandilla de perdidos, de bohemios desenfadados e ingeniosos, cada noche inventaban nuevas diabluras, y ya turbaban el sueño de los honrados vecinos, ya realizaban las orgiásticas proezas a que aluden ciertas poesías blasfemas y obscenas, que algunos críticos aseguran que no son de Camargo en realidad. Con las borracheras y el libertinaje alternaban las sesiones en las logias masónicas y en los comités; Camargo se preparaba ya la senda de la emigración. No estaba enterada de todo esto la provinciana y cándida familia de Irene; y como se encontrasen en la calle al poeta, le saludaron alegres, que al fin era *de allá*.

»Camargo, sorprendido otra vez de la hermosura de la joven, notando que al verle se teñían de púrpura las descoloridas mejillas de una niña tan preciosa, les acompañó, y prometió visitar a sus convecinos. Quedaron lisonjeados los pobres lugareños, y creció su satisfacción al notar que de allí a pocos días, habiendo cumplido Camargo su promesa, Irene revivía. Desconocedores de la crónica, les parecía Camargo un yerno posible, y consintieron que menudease las visitas.

»Veo en su cara de usted que cree adivinar el desenlace... ¡No lo adivina! Irene, fascinada, trastornada como si hubiese bebido zumo de yerbas, tardó sin embargo seis meses en acceder a una entrevista a solas, en la misma casa de Camargo. La honesta resistencia de la niña fue causa de que los perdidos amigotes del poeta se burlasen de él, y el orgullo, que es la raíz venenosa de ciertos romanticismos, como el de Byron y el de Camargo, inspiró a este una apuesta, un desquite satánico, infernal. Pidió, rogó, se alejó, volvió, dio celos, fingió planes de suicidio, e hizo tanto, que Irene, atropellando por todo, consintió en acudir a la peligrosa cita. Gracias a un milagro de valor y decoro, salió de ella pura y sin mancha, y Camargo sufrió una chacota que le enloqueció de despecho.

»A la segunda cita, se agotaron las fuerzas de Irene, se obscureció su razón y fue vencida. Y cuando, confusa y trémula, yacía, cerrando los párpados, en brazos del infame, este exhaló una estrepitosa carcajada, descorrió unas cortinas, e Irene vio que la devoraban los impuros ojos de ocho o diez hombres jóvenes, que también reían y palmeteaban irónicamente...

»Irene se incorporó, dio un salto, y sin cubrirse, con el pelo suelto y los hombros desnudos, se lanzó a la escalera y a la calle. Llegó a su morada seguida de una turba de pilluelos que la arrojaban barro y piedras. Jamás consintió decir de dónde venía, ni qué le había sucedido. Mi padre lo averiguó, porque, casualmente, era amigo de uno de los de la apuesta de Camargo. Irene sufrió una fiebre de septenarios en que estuvo desahuciada; así que convaleció, entró en este convento, lo más lejos posible de A... Su penitencia ha espantado a las monjas: ayunos increíbles; mezclar el pan con ceniza; pasarse tres días sin beber; las noches de invierno descalza y de rodillas, en oración: disciplinarse, llevar una argolla al cuello, una corona de espinas bajo la toca, un rallo a la cintura...

»Lo que más edificó a sus compañeras, que la tienen por santa, fue el continuo llorar. Cuentan, pero serán consejas, que una vez llenó de llanto la escudilla del agua. ¡Y quién le dice a usted que de repente se le quedan los ojos secos, sin una lágrima, y brillando de ese modo que ha notado usted! Esto aconteció más de veinte años hace; las gentes piadosas creen que fue la señal del perdón de Dios. No obstante, sor Aparición, sin duda, no se cree perdonada, porque, hecha una momia, sigue ayunando y postrándose y usando el cilicio de cerda...

—Es que hará penitencia por dos —respondí, admirada de que en este punto fallase la penetración de mi cronista—. ¿Piensa usted que sor Aparición no se acuerda del alma infeliz de Camargo?

Afra

La primera vez que asistí al teatro de Marineda —cuando me destinaron con mi regimiento a la guarnición de esta bonita capital de provincia— recuerdo que asesté los gemelos a la triple hilera de palcos, para enterarme bien del mujerío y las esperanzas que en él podía cifrar un muchacho de veinticinco años no cabales.

Gozan las marinedinas fama de hermosas, y vi que no usurpada. Observé también que su belleza consiste principalmente en el color. Blancas (por obra de naturaleza, no del perfumista), de bermejos labios, de floridas mejillas y mórbidas carnes, las marinedinas me parecieron una guirnalda de rosas tendida sobre un barandal de terciopelo obscuro. De pronto, en el cristal de los anteojos que yo paseaba lentamente por la susodicha guirnalda, se encuadró un rostro que me fijó los gemelos en la dirección que entonces tenían. Y no es que aquel rostro sobrepujase en hermosura a los demás, sino que se diferenciaba de todos por la expresión y el carácter.

En vez de una fresca encarnadura y un plácido y picaresco gesto, vi un rostro descolorido, de líneas enérgicas, de ojos verdes, coronados por cejas negrísimas, casi juntas, que les prestaban una severidad singular; de nariz delicada y bien diseñada, pero de alas movibles, reveladoras de la pasión vehemente; una cara de corte severo, casi viril, que coronaba un casco de trenzas de un negro de tinta; pesada cabellera que debía de absorber los jugos vitales y causar daño a su poseedora... Aquella fisonomía, sin dejar de atraer, alarmaba, pues era de las que dicen a las claras desde el primer momento a quien las contempla: «Soy una voluntad. Puedo torcerme, pero no quebrantarme. Debajo del elegante maniquí femenino, escondo el acerado resorte de un alma».

He dicho que mis gemelos se detuvieron, posándose ávidamente en la señorita pálida del pelo abundoso. Aprovechando los movimientos que hacía para conversar con unas señoras que la acompañaban, detallé su perfil, su acentuada barbilla, su cuello delgado y largo, que parecía doblarse al peso del voluminoso rodete, su oreja menuda y apretada, como para no perder sonido. Cuando hube permanecido así un buen rato, llamando sin duda la atención por mi insistencia en considerar a aquella mujer, sentí que me daban un golpecito en el hombro, y oí que me decía mi compañero de armas Alberto Castro:

—¡Cuidadito!

—Cuidadito ¿por qué? —respondí bajando los anteojos.

—Porque te veo en peligro de enamorarte de Afra Reyes, y si está de Dios que ha de suceder, al menos no será sin que yo te avise y te entere de su historia. Es un servicio que los hijos de Marineda debemos a los forasteros.

—¿Pero tiene historia? —murmuré haciendo un movimiento de repugnancia; porque, aún sin amar a una mujer, me gusta su pureza, como agrada el aseo de casas donde no pensamos vivir nunca.

—En el sentido que se suele dar a la palabra *historia*, Afra no la tiene... Al contrario, es de las muchachas más formales y menos coquetas que se encuentran por ahí. Nadie se puede alabar de que Afra le devuelva una miradita, o le diga una palabra de esas que dan ánimos. Y si no, haz la prueba: dedícate a ella; mírala más; ni siquiera se dignará volver la cabeza. Te aseguro que he visto a muchos que anduvieron locos y no pudieron conseguir ni una ojeada de Afra Reyes.

—Pues entonces... ¿qué?... ¿Tiene algo... en secreto? ¿Algo que manche su honra?

—Su honra, o si se quiere, su pureza... repito que ni tiene ni tuvo. Afra, en cuanto a eso... como el cristal. Lo que hay te lo diré... pero no aquí; cuando se acabe el teatro saldremos juntos, y allá por el Espolón, donde nadie se entere... Porque se trata de cosas graves... de mayor cuantía.

Esperé con la menor impaciencia posible a que terminasen de cantar *La bruja*, y así que cayó el telón, Alberto y yo nos dirigimos de bracero hacia los muelles. La soledad era completa, a pesar de que la noche tibia convidaba a pasear, y la luna plateaba las aguas de la bahía, tranquila a la sazón como una balsa de aceite, y misteriosamente blanca a lo lejos.

—No creas —dijo Alberto— que te he traído aquí solo para que no me oyese nadie contarte la historia de Afra. También es que me pareció bonito referirla en el mismo escenario del drama que esta historia encierra. ¿Ves este mar tan apacible, tan dormido, que produce ese rumor blando y sedoso contra la pared del malecón? ¡Pues solo este mar... y Dios, que lo ha hecho, pueden alabarse de conocer la verdad entera respecto a la mujer que te ha llamado la atención en el teatro! Los demás la juzgamos por meras conjeturas... ¡y tal vez calumniamos al conjeturar! Pero hay tan fatales coincidencias; hay apariencias tan acusadoras en el mundo... que no podría disiparlas sino la voz del mismo Dios que ve los corazones y sabe distinguir al inocente del culpado.

»Afra Reyes es hija de un acaudalado comerciante; se educó algún tiempo en un colegio inglés, pero su padre tuvo quiebras, y por disminuir gastos recogió a la chica, interrumpiendo su educación. Con todo, el barniz de Inglaterra se le conocía: traía ciertos gustos de independencia y mucha afición a los ejercicios corporales. Cuando llegó la época de los baños no se habló en el pueblo sino de su destreza y vigor para nadar; una cosa sorprendente.

»Afra era amiga íntima, inseparable, de otra señorita de aquí, Flora Castillo; la intimidad de las dos muchachas continuaba la de sus familias. Se pasaban el día juntas; no salía la una si no la acompañaba la otra; vestían igual y se enseñaban, riendo, las cartas amorosas que las escribían. No tenían novio, ni siquiera demostraban predilección por nadie. Vino del Departamento cierto marino muy simpático, de hermosa presencia, primo de Flora, y empezó a decirse que el marino hacía la corte a Afra, y que Afra le correspondía con entusiasmo. Y lo notamos todos: los ojos de Afra no se apartaban del galán, y al hablarle, la emoción profunda se conocía hasta en el anhelo de la respiración y en lo velado de la voz. Cuando a los pocos meses se supo que el consabido marino realmente venía a casarse con Flora, se armó un caramillo de murmuraciones y chismes y se presumió que las dos amigas reñirían para siempre. No fue así; aunque desmejorada y triste, Afra parecía resignada, y acompañaba a Flora de tienda en tienda a escoger ropas y galas para la boda. Esto sucedía en agosto.

»En septiembre, poco antes de la fecha señalada para el enlace, las dos amigas fueron, como de costumbre, a bañarse juntas allí... ¿no ves?, en la playita de San Wintila, donde suele haber mar brava. Generalmente las acompañaba el novio, pero aquel día sin duda tenía que hacer, pues no las acompañó.

»Amagaba tormenta; la mar estaba picadísima; las gaviotas chillaban lúgubremente, y la criada que custodiaba las ropas y ayudaba a vestirse a las señoritas refirió después que Flora, la rubia y tímida Flora, sintió miedo al ver el aspecto amenazador de las grandes olas verdes que rompían contra el arenal. Pero Afra, intrépida, ceñido ya su traje marinero, de sarga azul obscura, animó con chanzas a su amiga. Metiéronse mar adentro cogidas de la mano, y pronto se las vio nadar, agarradas también, envueltas en la espuma del oleaje.

»Poco más de un cuarto de hora después salió a la playa Afra sola, desgreñada, ronca, lívida, gritando, pidiendo socorro, sollozando que a Flora la había arrastrado el mar...

»Y tan de verdad la había arrastrado que de la linda rubia solo reapareció, al otro día, un cadáver desfigurado, herido en la frente... El relato que de la desgracia hizo Afra entre gemidos y desmayos fue que Flora, rendida de nadar y sin fuerzas, gritó "me ahogo"; que ella, Afra, al oírlo, se lanzó a sostenerla y salvarla; que Flora, al forcejear para no irse a fondo, se llevaba a Afra al abismo; pero que, aun así, hubiesen logrado quizá salir a tierra, si la fatalidad no las empuja hacia un trasatlántico fondeado en bahía desde por la mañana. Al chocar con la quilla, Flora se hizo la herida horrible, y Afra recibió también los arañazos y magulladuras que se notaban en sus manos y rostro...

»¿Que si creo que Afra...?

»Solo añadiré que al marino, novio de Flora, no volvió a vérsele por aquí; y Afra, desde entonces, no ha sonreído nunca...

»Por lo demás, acuérdate de lo que dice la Sabiduría: el corazón del hombre... selva obscura. ¡Figúrate el de la mujer!

Los buenos tiempos

Siempre que entrábamos en el despacho del conde de Lobeira, atraía mis miradas —antes que las armas auténticas, las lozas hispano-moriscas y los retazos de cuero estampado que recubrían la pared— un retrato de mujer, de muy buena mano, que por el traje indicaba tener, próximamente, un siglo de fecha. «Es mi bisabuela, doña Magdalena Varela de Tobar, vigésima segunda condesa de Lobeira», había dicho el conde, respondiendo a mi curiosa interrogación en el tono del que no quiere explicarse más o no sabe otra cosa. Y por entonces hube de contentarme, acudiendo a mi fantasía para desenvolver las ideas inspiradas por el retrato.

Este representaba a una señora como de treinta y cinco años, de rostro prolongado y macilento, de líneas austeras, que indicaban la existencia sencilla y pura, consagrada al cumplimiento de nobles deberes y al trabajo doméstico, ley de la fuerte matrona de las edades pasadas. La modestia del vestir, en tan encumbrada señora, parecíame ejemplar; aquel corpiño justo de alepín negro, aquel pañolito blanco sujeto a la garganta por un escudo de los Dolores, aquel peinado liso y recogido detrás de la oreja, eran indicaciones inestimables para delinear la fisonomía moral de la aristocrática dama. No cabía duda: doña Magdalena había encarnado el tipo de la esposa leal, casta y sumisa, fiel guardadora del fuego de los lares; de la madre digna y venerada, ante quien sus hijos se inclinan como ante una reina; del ama de casa infatigable, vigilante y próvida, cuya presencia impone respeto y cuya mano derrama la abundancia y el bienestar. Así es que me sorprendió en extremo que un día, preguntándole al conde en qué época habían sido enajenadas las mejores fincas, los pingües estados de su casa, me contestase sombríamente, señalando al retrato consabido.

—En tiempo de doña Magdalena.

El dato inesperado acrecentó mi interés. A fuerza de fijarme en el retrato observé que aquella pintura ofrecía una particularidad rara y siempre sugestiva: en cualquier punto de la habitación que me colocase para mirarla, me seguían los ojos de doña Magdalena con expresión imperiosa y ardiente. Casual acierto del pincel, o alarde de destreza del pintor, las pupilas del retrato estaban tocadas por tal arte que pagaban con avidez y energía la mirada del que las contemplase desde lejos. Algunas veces, sin querer, levantaba yo la vista como si me atrajese tal singularidad y los ojos me llamasen. La severidad del fondo obscuro en que se destacaba la cabeza, la única nota clara del rostro y del pañolito, aumentaban la fuerza del extraño mirar.

Aunque el conde de Lobeira es de carácter reservado y frío, hay instantes en que el corazón más tapiado se abre y deja salir el opresor secreto. Uno de esos momentos, siempre transitorios en ciertas organizaciones, llegó para el conde el día en que, incitada por mi imaginación, traidora cuanto fecunda, me arrojé a trazar la silueta de doña Magdalena, modelo de cristianas virtudes, emblema de otros tiempos y otras edades en que el hogar olía a incienso como el sagrario, y la familia tenía la sólida estructura del granito.

—¡Por Dios, no siga usted! —exclamó mi interlocutor, dejando de atizar la chimenea y volviéndose hacia el retrato como nos volvemos hacia un enemigo—. El error más craso de cuantos pueden cometerse es juzgar del pasado por la impresión que nos causan sus reliquias. Cáscara vacía, huella de fósil en la piedra, ¿qué verdad ha de contarnos un retrato, un mueble o un edificio ruinoso? Los soñadores como usted son los que han falseado la historia, poetizado lo más prosaico y embellecido lo más horrible. En ninguna época fue la humanidad mejor de lo que es ahora; pero las iniquidades pasadas se olvidan y un lienzo embadurnado y lleno de grietas basta para que nos abrume el descontento de lo presente. Ya que también usted cae en esa vulgarísima y temible preocupación de que se nos han perdido grandes virtudes, merece usted que para desilusionarla le cuente la historia de doña Magdalena, tal como la he entresacado de nuestro archivo y de otros documentos... ¡que obran en archivos judiciales!

»Esa señora que está usted viendo, retratada con

su jubón de alepín y su honesto pañolito, al casarse con mi bisabuelo, llevándole rica dote y el condado de Lobeira, se mostró apasionada hasta un grado increíble, despótico y furioso. Mi bisabuelo pasaba por el mozo más gallardo de toda la provincia, y doña Magdalena por una señorita fanáticamente devota: se susurraba que usaba cilicio y que se disciplinaba todas las noches. Fuese o no verdad, lo que es a su marido cilicio le puso doña Magdalena, y hasta grillos, para que de ella no se apartase ni un minuto. Poco después de la boda, los que vieron al conde pálido, demacrado y abatido, esparcieron el rumor absurdo de que su esposa le daba hierbas y filtros para subyugarle y para que ardiese más viva la tea del amor conyugal.

»Duró esta situación, sin que la modificase el nacimiento de varios hijos. No obstante, a los diez o doce años de matrimonio, observose que el conde, habiéndose aficionado a cazar y haciendo frecuentes excursiones por la montaña (pues pasaban largas temporadas en el campo, en el palacio solariego de Lobeira, según costumbre de los señores de entonces), recobraba cierta alegría y parecía rejuvenecido.

»Como yo no estoy graduando el interés de mi historia, sino que se la cuento a usted descarnada y sin galas —advirtió al llegar aquí el narrador—, diré inmediatamente lo que produjo la mejoría del conde. Fue que, algún tanto aplacada aquella pasión de vampiro de su mujer, pudo respirar y vivir como las demás personas. Usted objetará que todo el delito de doña Magdalena consistía en amar excesivamente a su esposo, y que eso merece disculpa y hasta alabanza. Si yo discutiese tan delicado punto, temería ofender sus oídos de usted con algún concepto malsonante. Indicaré que hay cien maneras de amar, y que el santo nombre de amor cubre a veces nuestros bárbaros egoísmos o nuestras morbosas aberraciones. Y basta, que al buen entendedor... Ya continúo.

»Como a veces se guardan bien los secretos en las aldeas, doña Magdalena tardó bastante en enterarse de que su marido, al volver de la caza, solía descansar en la choza de cierto labriego que tenía una hija preciosa. En efecto era así: el conde de Lobeira prefería a los suculentos manjares de su cocina señorial, la *brona* y la leche fresca servidas por la gentil rapaza, que, con la inocencia en los ojos y la risa en los labios, acudía solícita a festejarle. Doña Magdalena, ya informada, no pensó ni un minuto que allí existiese un puro idilio; vio desde el primer instante el pecado y la injuria. Y acaso acertase: no pretendo excusar a mi bisabuelo, aunque las crónicas afirman que era honesta y sencilla su afición a la hija del colono.

»Lo histórico es que, en una noche de invierno muy obscura y muy larga, la puerta del pazo se abrió sin ruido para dejar entrar a un hombre robusto, recio, vestido con el clásico traje del país, que hoy está casi en desuso. La condesa le esperaba en el zaguán: tomole de la mano, y por un pasadizo obscuro le llevó a una habitación interior, que alumbraba una vela de cera puesta en candelabro de maciza plata. Era el oratorio. Detrás de las colgaduras de damasco carmesí que lo vestían, y que replegó la dama, el hombre vio abierto un boquete, a manera de cueva; un agujero sombrío. Repito lo de antes: no busco *efectos*; pero aunque los buscase, creo que ninguno tan terrible como decir sin más circunloquios que el hombre (un *casero*, en las costumbres de entonces casi un ciervo de la condesa) era el mismo padre de la zagala a quien el conde solía visitar; y que doña Magdalena, enseñándole el negro hueco, advirtió al labrador que allí ocultarían el cadáver del conde. En seguida le entregó un hacha nueva, afilada y cortante.

»¿Temió aquel hombre por la vida de su hija y por la suya propia? ¿Impulsole la cobardía o el respeto tradicional a la casa de Lobeira? ¿Fue la sugestión que ejerce sobre un cerebro inculto y una voluntad irresoluta y débil, la hembra resuelta, de arrebatadas pasiones? ¿Fue codicia, tentación de onzas y de ricos joyeles que la esposa ultrajada le ofrecía en precio de la sangre? El caso es que, si hubo resistencia por parte del labriego, duró bien poco. Según su declaración, hizo la señal de la cruz (¡atroz detalle!), descalzose, empuñó el hacha y siguió a la condesa hasta el aposento en que el conde dormía. Y mientras la señora alumbraba con la vela de cera del oratorio, el labriego descargó un golpe, otro, diez, en la frente, la cara, el pecho... El dormido no chistó: parece que al primer hachazo abrió unos ojos muy espantados... y luego, nada. Sábanas, colchones, el hacha y el muerto, todo fue arrojado al escondrijo; la condesa lavó las manchas del suelo, cerró la trampa, y atestando de oro la faltriquera del asesino, le despachó con orden de cruzar el Miño y meterse en Portugal.

»Un rumor, vago al principio y después muy insistente, se alzó con motivo de la desaparición del conde de Lobeira. Su esposa hablaba de viajes motivados por un pleito; y en el oratorio, bajo cuyo piso yacía mi bisabuelo asesinado, celebrábase diariamente el santo sacrificio de la misa, asistiendo a él doña Magdalena, lo mismo que la ve usted retratada ahí: pálida, grave, modesta, rodeada de sus hijos, que la besaban la mano cariñosos. En aquel tiempo no había prensa que escudriñase misterios, y la coincidencia de la desaparición del conde y la del casero y su hija la linda moza, dio pie a que se sospechase que el esposo de doña Magdalena vivía muy a gusto en algún rincón de esos que saben buscar los enamorados. No faltó quien compadeciese a la abandonada señora, en torno de la cual el respeto ascendió, como asciende la marea. Al verla pasar, derecha, macilenta, siempre de negro, la gente se descubría.

»Y así corrió un año entero.

»Al cumplirse, día por día, a corta distancia del pazo de Lobeira apareció un hombre profundamente dormido; era el casero de la condesa; y los demás labriegos, que le rodeaban esperando a que despertase, quedaron atónitos cuando al volver en sí, a gritos, confesó el crimen, a gritos se denunció y a gritos pidió que le llevasen ante la justicia. Hay fenómenos morales que no explica satisfactoriamente ningún raciocinio: la mitad de nuestra alma está sumergida en sombras, y nadie es capaz de presentir qué alimañas saldrían de esa caverna, si nos empeñásemos en registrarla. El aldeano, cuando le preguntaron el móvil de su conducta, afirmó con rústicas razones que no lo sabía; que una gana irresistible (un *volunto*, como dicen ahora) le obligó a salir de Portugal y a ver de nuevo el pazo; y que al avistarlo, le acometió un sueño letárgico, invencible también, y ya despierto, un ímpetu de confesar, de decir la verdad, de ser castigado, porque sin duda, calculo yo, su endeble alma no podía con el peso del secreto, que impenetrable y tranquila guardaba el alma varonil de doña Magdalena.

»La prendieron, claro está, y aún se enseña en la cárcel marinedina el negro calabozo donde la condesa de Lobeira se pudrió muchos meses... El casero fue ahorcado; y para librar a mi bisabuela del patíbulo, empeñose la hacienda de mi casa. La justicia se comió con apetito tan sabrosa breva, y nuestra decadencia viene de ahí.

Alcé los ojos y busqué los del retrato. La mirada de doña Magdalena se me figuró más tenaz, más intensa, más dolorosa. El biznieto callaba y suspiraba, como si le oprimiese el corazón el drama ancestral, como si percibiese la humedad de las lágrimas evaporadas hace un siglo.

El encaje roto

Convidada a la boda de Micaelita Aránguiz con Bernardo de Meneses, y no habiendo podido asistir, grande fue mi sorpresa cuando supe al día siguiente —la ceremonia debía verificarse a las diez de la noche en casa de la novia— que esta, al pie del mismo altar, al preguntarle el obispo de San Juan de Acre si recibía a Bernardo por esposo, soltó un *no* claro y enérgico; y como reiterada con extrañeza la pregunta se repitiese la negativa, el novio, después de arrostrar un cuarto de hora la situación más ridícula del mundo, tuvo que retirarse, deshaciéndose la reunión y el enlace a la vez.

No son inauditos casos tales, y solemos leerlos en los periódicos; pero ocurren entre gente de clase humilde, de muy modesto estado, en esferas donde las conveniencias sociales no embarazan la manifestación franca y espontánea del sentimiento y de la voluntad.

Lo peculiar de la escena provocada por Micaelita, era el medio ambiente en que se desarrolló. Parecíame ver el cuadro, y no podía consolarme de no haberlo contemplado por mis propios ojos. Figurábame el salón atestado, la escogida concurrencia, las señoras vestidas de seda y terciopelo, con collares de pedrería, al brazo la mantilla blanca para tocársela en el momento de la ceremonia; los hombres con resplandecientes placas o luciendo veneras de órdenes militares en el delantero del frac; la madre de la novia, ricamente prendida, atareada, solícita, de grupo en grupo, recibiendo felicitaciones; las hermanitas, conmovidas, muy monas, de rosa la mayor, de azul la menor, ostentando los brazaletes de turquesas, regalo del cuñado futuro; el obispo que ha de bendecir la boda, alternando grave y afablemente, sonriendo, dignándose soltar chanzas urbanas o discretos elogios, mientras allá en el fondo se adivina el misterio del oratorio revestido de flores, una inundación de rosas blancas, desde el suelo hasta la cupulilla, donde convergen radios de rosas y de lilas como la nieve, sobre rama verde, artísticamente dispuesta; y en el altar, la efigie de la Virgen protectora de la aristocrática mansión, semioculta por una cortina de azahar, el contenido de un departamento lleno de azahar que envió de Valencia el riquísimo propietario Aránguiz, tío y padrino de la novia, que no vino en persona por viejo y achacoso —detalles que corren de boca en boca, calculándose la magnífica herencia que corresponderá a Micaelita, una esperanza más de ventura para el matrimonio, el cual irá a Valencia a pasar su luna de miel—. En un grupo de hombres me representaba al novio, algo nervioso, ligeramente pálido, mordiéndose el bigote sin querer, inclinando la cabeza para contestar a las delicadas bromas y a las frases halagüeñas que le dirigen...

Y por último, veía aparecer en el marco de la puerta que da a las habitaciones interiores una especie de aparición, la novia, cuyas facciones apenas se divisan bajo la nubecilla del tul, y que pasa haciendo crujir la seda de su traje, mientras en su pelo brilla como sembrado de rocío la roca antigua del aderezo nupcial... Y ya la ceremonia se organiza, la pareja avanza conducida por los padrinos, la cándida figura se arrodilla al lado de la esbelta y airosa del novio... Apíñase en primer término la familia, buscando buen sitio para ver amigos y curiosos, y entre el silencio y la respetuosa atención de los circunstantes... el obispo formula una interrogación, a la cual responde un *no* seco como un disparo, rotundo como una bala. Y —siempre con la imaginación— notaba el movimiento del novio, que se revuelve herido; el ímpetu de la madre, que se lanza para proteger y amparar a su hija, la insistencia del obispo, forma de su asombro, el estremecimiento del concurso, el ansia de la pregunta transmitida en un segundo: «¿Qué pasa? ¿Qué hay? ¿La novia se ha puesto mala? ¿Que dice no? Imposible... ¿Pero es seguro? ¡Qué episodio!...».

Todo esto, dentro de la vida social, constituye un terrible drama. Y en el caso de Micaelita, al par que drama, fue logrifo. Nunca llegó a saberse de cierto la causa de la súbita negativa.

Micaelita se limitaba a decir que había cambiado

de opinión y que era bien libre y dueña de volverse atrás, aunque fuese al pie del ara, mientras el *sí* no partiese de sus labios. Los íntimos de la casa se devanaban los sesos, emitiendo suposiciones inverosímiles. Lo indudable era que todos vieron, hasta el momento fatal, a los novios satisfechos y amarteladísimos; y las amiguitas que entraron a admirar a la novia engalanada, minutos antes del escándalo, referían que estaba loca de contento, y tan ilusionada y satisfecha que no se cambiaría por nadie. Datos eran estos para obscurecer más el extraño enigma que por largo tiempo dio pábulo a la murmuración, irritada con el misterio y dispuesta a explicarlo desfavorablemente.

A los tres años —cuando ya casi nadie iba acordándose del sucedido de las bodas de Micaelita—, me la encontré en un balneario de moda donde su madre tomaba las aguas. No hay cosa que facilite las relaciones como la vida de balneario, y la señorita de Aránguiz se hizo tan íntima mía que una tarde, paseando hacia la iglesia, me reveló su secreto, afirmando que me permite divulgarlo, en la seguridad de que explicación tan sencilla no será creída por nadie.

—Fue la cosa más tonta... De puro tonta no quise decirla; la gente siempre atribuye los sucesos a causas profundas y trascendentales, sin reparar de que a veces nuestro destino lo fijan las niñerías, las *pequeñeces* más pequeñas... Pero son pequeñeces que significan algo, y para ciertas personas significan demasiado. Verá usted lo que pasó; y no concibo que no se enterase nadie, porque el caso ocurrió allí mismo, delante de todos; solo que no se fijaron, porque fue, realmente, un decir Jesús.

»Ya sabe usted que mi boda con Bernardo de Meneses parecía reunir todas las condiciones y garantías de felicidad. Además, confieso que mi novio me gustaba mucho, más que ningún hombre de los que conocía y conozco; creo que estaba enamorada de él. Lo único que sentía era no poder estudiar su carácter: algunas personas le juzgaban violento; pero yo le veía siempre cortés, deferente, blando como un guante, y recelaba que adoptase apariencias destinadas a engañarme y a encubrir una fiera y avinagrada condición. Maldecía yo mil veces la sujeción de la mujer soltera, para la cual es un imposible seguir los pasos a su novio, ahondar la realidad y obtener informes leales, sinceros hasta la crudeza, los únicos que me tranquilizarían. Intenté someter a varias pruebas a Bernardo, y salió bien de ellas; su conducta fue tan correcta que llegué a creer que podía fiarle sin temor alguno mi porvenir y mi dicha.

»Llegó el día de la boda. A pesar de la natural emoción, al vestirme el traje blanco reparé una vez más en el soberbio volante de encaje que lo adornaba, y era regalo de mi novio. Había pertenecido a su familia aquel viejo Alenzón auténtico, de una tercia de ancho (una maravilla), de un dibujo exquisito, perfectamente conservado, digno del escaparate de un museo. Bernardo me lo había regalado, encareciendo su valor, lo cual llegó a impacientarme, pues por mucho que el encaje valiese, mi futuro debía suponer que era poco para mí.

»En aquel momento solemne, al verlo realzado

por el denso raso del vestido, me pareció que la delicadísima labor significaba una promesa de ventura, y que su tejido tan frágil y a la vez tan resistente prendía en sutiles mallas dos corazones. Este sueño me fascinaba cuando eché a andar hacia el salón, en cuya puerta me esperaba mi novio. Al precipitarme para saludarle llena de alegría, por última vez antes de pertenecerle en alma y cuerpo, el encaje se enganchó en un hierro de la puerta, con tan mala suerte que al quererme soltar oí el ruido peculiar del desgarrón, y pude ver que un girón del magnífico adorno colgaba sobre la falda. Solo que también vi otra cosa: la cara de Bernardo, contraída y desfigurada por el enojo más vivo; sus pupilas chispeantes, su boca entreabierta ya para proferir la reconvención y la injuria... No llegó a tanto, porque se encontró rodeado de gente; pero en aquel instante fugaz se alzó un telón y detrás apareció desnuda un alma.

»Debí de inmutarme; por fortuna, el tul de mi velo me cubría el rostro. En mi interior algo crujía y se despedazaba, y el júbilo con que atravesé el umbral del salón se cambió en horror profundo. Bernardo se me aparecía siempre con aquella expresión de ira, dureza y menosprecio que acababa de sorprender en su rostro; esta convicción se apoderó de mí, y con ella vino otra: la de que no podía, la de que no quería entregarme a tal hombre, ni entonces, ni jamás... Y, sin embargo, fui acercándome al altar, me arrodillé, escuché las exhortaciones del obispo... Pero cuando me preguntaron, la verdad me saltó a los labios, impetuosa, terrible...

»Aquel *no* brotaba sin proponérmelo; me lo decía a mí propia... ¡para que lo oyesen todos!

—¿Y por qué no declaró usted el verdadero motivo, cuando tantos comentarios se hicieron?

—Lo repito: por su misma sencillez... No se hubiesen convencido jamás. Preferí dejar creer que había razones de esas que llaman serias...

Austral Cuentos ofrece al lector breves antologías de relatos de los mejores escritores de todos los tiempos.

AUTORES DE LA SERIE UNIVERSAL

Antón Chéjov

Joseph Conrad

F. Scott Fitzgerald

E. T. A. Hoffmann

Franz Kafka

Jack London

Katherine Mansfield

Bram Stoker

Oscar Wilde

Virginia Woolf

AUTORES DE LA SERIE ESPAÑOLES Y LATINOAMERICANOS

Rosa Chacel

Emilia Pardo Bazán

Ramón del Valle-Inclán

AUSTRAL